KB172057

내 친구 도시

행복한 책세상

내 친구 도시

지은이   최지현

발 행   2016년 7월 13일
펴낸이   이정권
펴낸곳   행복한 책 세상
출판사등록   2014.03.10.(제2016-000040호)
주 소   경기도 수원시 권선구 세권로 20번길 14
전 화   (070) 4068-0831
이메일   happycounselor@naver.com
ISBN   979-11-86139-24-0 03800

값 15,000원

http://happybookpublish.blog.me
ⓒ 최지현 2016
본 책은 저작자의 지적 재산으로서 무단전재와 복제를 금합니다.

파본은 본사나 구입처에서 교환하여 드립니다.

이 도서의 국립중앙도서관 출판예정도서목록(CIP)은 서지정보유통지원시스템 홈페이지(http://seoji.nl.go.kr)와 국가자료공동목록시스템(http://www.nl.go.kr/kolisnet)에서 이용하실 수 있습니다. (CIP제어번호: CIP2016016352)

내 친구 도시

최지현 지음

차례

제2장 아임 낫 오케이

산문

제3장 Listen, City

음악 이야기

제4장 과도기적 독서

책 이야기

제5장 함께 그러나 혼자

일기

"도시의 불빛에 기대어 쓴 나의 이야기"

왜 애초부터 도시가 좋았는지 모르겠다.

어릴 적 방학을 맞아 집에 놀러온 사촌들과 허락된 일탈을 즐길 수 있었던 게 밤에도 환한 도시의 불빛 덕분이여서 그랬나. 마음껏 동네이자 시내였던 거리를 쏘다닐 수 있도록 우리를 안전하게 지켜준 것이 바로 그 도시의 불빛이라고 여겨서 였나....

영원히 꺼질 것 같지 않게 빛나던 인공적인 불빛이 내겐 도시의 이미지였더랬다. 밤에도 어둡지 않는 도시가 나는 참 든든하고 좋았다. 물론 내가 대도시에 주로 살아서 그럴 수 있었을 것이다.

이 글은 서울이라는 대도시에 살면서 쓴 수많은 글 중에서 선별한 것이다. 그 기간 동안 나는 석사 논문을 쓰고, 졸업을 하고 기자로 사회생활을 했었다. 녹록치 않은 인생살이의 어려움을 미처 다 알지도 못했지만, 나름대로 치열하게 보냈던 그 시간들에 대한 기록이다.

도시에서 보낸 나의 시간들은 주로 영화와 음악, 그리고 책으로 채워졌다. 시내 한 복판에 살았던 덕에 공부를 하다가 내키면, 일을 마치고 난 뒤 늦은 저녁이라도, 집 앞에 있는 영화관에 들러 영화를 즐길 수 있었다. 명절 연휴 중 하루를 비워 집 근처 예술 극장에서 내리 세 편의 영화를 보는 즐거움도 바로 도시 덕분에 가능했다.

낯선 대도시에서 나의 가장 좋은 친구는 내가 사는 도시였다. 밤에도 완전히 꺼지지 않는 도시의 불빛이 나는 참 좋았다. 밤에는 따뜻하고 다정하게, 낮에는 씩씩하고 활기차게 그 모습을 드러내는 도시. 그 도시로 인해 나는 고달프면서도 안락할 수 있었다. 나는 도시 안에서 살아있음을 느꼈다. 내 안의 빛이 부족해 나는 도시의 빛에 기댔다.

가까운 누구에게라도 말할 수 없는 혼란과 고민에 전전긍긍하며 돌파구를 찾으려 몸부림 칠 때, 그리고 그 모습을 아무도 모르길 바랄 때, 철저하게 내색치 않고 싶을 때 나는 시치미를 뚝 떼고 글을 썼다. 견딜 수 없이 내 이야기가 하고 싶을 때, 나는 영화를 보고, 음악을 들으며 나의 감상을 피워 올렸다.

사회과학 논문을 쓰던 시기부터 쓴 글이라 논설이나 칼럼 같은 어조에서부터 한없이 사적인 감성까지, 글의 스타일이 자유자재로 오르락내리락하다. 불안정했던 그 시절에 걸 맞는 자연스러운 변주로 너그러이 봐 주었으면 한다.

도시의 불빛에 기대어 쓴 이 글이
자신이 서 있는 그곳에서 흔들리고 있는 이들과
자신의 고유한 시간을 꾸려가고자 하는 이들에게
작은 위로가 되었으면 한다.

『내 친구 도시』를 시작하는 독자를 위한 안내

독자의 이해와 감상을 돕기 위해 책의 구성에 대해 설명하고자 한다.

도시가 나에게 준 선물 … 영화

내 친구 도시에서 '영화 이야기'의 비중이 압도적으로 많다. 저자인 나도 음악 보다 영화에 대한 글을 훨씬 더 많이 썼다는 것을 이번에 알았다. 당시 스스로 의식하지 못할 만큼 열심히 영화를 보고, 영화에 몰입했던 것은 그때 도시가 내게 준 선물이었던 것 같다. 나는 지금도 영화를 열심히 보러 다니지만 -오히려 그때보다 더!- 그때만큼 할 말이 많지 않다. 그 당시 영화는 내 안의 무언가와 소통할 수 있도록 중요한 역할을 해주었던 것이다.

정반합의 반(反)에서 나를 돌아본 시절

영화 다음으로 '산문'을 배치한 것은 그 시절 내 모습을 직접적으로 드러낸 글들이기 때문이다. 당시 나는 석사 논문 주제와 맞물려 추상과 관념을 깨고 욕망과 리얼리티, 구체라는 새로운 실재에 관심을 가졌다.

추상과 관념이라는 정(正)에서 욕망과 구체라는 반(反)으로 이동해 그 지점에 있던 주제를 화두로 삼아 글로 표현했다. 개별, 경험, 직접적인 것, 소통, 구체, 리얼리티 … 그 반(反)을 통해 표현된 나의 에너지는 나를 찾는 여정에서 거쳐야했던 불안정하고 흔들리는 상태의 표현이기도 하다. 한편 산문들 중간에 있는 'City'는 그 시기에 도시가 나에게 어떤 존재였는지를 말한 글이자, 이 책의 주제를 대표하는 글이라고 할 수 있다.

음악을 통해 드러난 내면의 변화

음악은 내게 언제나 절대적인 존재였다. 그 어떤 것보다 음악이 내게 끼친 영향력이 크고, 음악을 즐기고 사랑하는 마음이 비교할 수 없을 만큼 더 컸다. 영화가 공간과 시간, 시각과 청각 등이 종합적으로 어우러진, 그때그때 즐길 수 있는 이벤트라면 음악은 내 삶에서 '호흡'과 같았다.

그 시기 나는 오랫동안 좋아했던 어스 윈드 앤드 파이어 뿐만 아니라 팻 메시니의 음악을 알게 되고, 좋아하기 시작했다. 그런 취향의 변화는 직접적인 흥과 에너지가 필요했던 시기에서 차분하고 진지한 내면의 여정으로 모드가 변화하는 것과 맞물렸다. 그 과정이 '음악 이야기'에 표현되었다.

새로운 길을 찾는데 도움을 주었던 책과 조언

'책 이야기'에는 책을 거의 읽지 않았던 시기에 읽었던 책을 다뤘다. 진정한 길에 대한 감수성을 일깨우는데 도움이 된 책과 용기를 주고 위로가 된 책도 있었다.

'일기'에는 그 당시 독백이 담겨있다. 도시의 빛에 기대어 그럭저럭 잘 살아가고는 있지만, 실은 괜찮지 않았던 내면의 일기다. 친구들과 수많은 수다를 떨고 좋은 시간을 보내면서도 공유하지 못했던 어려움이 있었다. 하지만 그 덕분에 나는 더 나은 길을 모색하고 떠날 수 있었다.

더불어 글의 길이가 일정치 않아 감상에 아쉬움을 느낄 독자들이 있을 것 같다. 긴 호흡이 되어 나오는 글도 있었고, 짧은 호흡으로 표현하고 싶었던 감흥도 많았다. 감상의 핵심이 짧은 호흡으로도 잘 전달되기를 바라지만, 그렇지 못하다면 저자가 더 노력해야 할 부분이다.

모쪼록 다섯 장에 담긴 각각의 이야기들이 '내 친구 도시'라는 하나의 주제 안에서 독자들에게 잘 연결되고 와 닿기를 바란다.

〈영화 이야기〉

휴식할 수 있는 시간적 여유

충전해야하는 머리와 가슴

찾아야 하는 실마리

보는 즐거움

영화는 내게 그런 의미를 지닌 놀이였다.

*영화 이야기에는 스포일러가 있을 수 있습니다.

욕망과 실재에 대해 생각하다

인 더 컷(In The Cut, 2003)

무언가 자극이 필요할 때 나는 비디오 여행을 기분 전환 삼아 아
주 가끔 즐기곤 하는데, 최근에 다녀온 비디오 여행에서 건진 수확
은 꽤 쏠쏠했다.

간만에 영화를 찾으러 근처 대여점을 갔더니 평소에 한번 보리라
눈여겨보았던 영화들이 줄줄이 다 나와 있었다. 프랑스판 메멘토 '노
보', 홍상수의 '여자는 남자의 미래다', 제인 캠피온의 '인 더 컷'

위 세 영화를 보자마자 바로 몽땅 집어 들었다. 내가 저 영화를 하
나의 카테고리로 묶은 핵심 키워드는 바로 '야한 영화'일 것이라는

기대감이었다. 다소 야한 비주얼을 그때그때 즐기는 나로서는 그런 '야한' 기대감은 무척 중요한 셀렉 코드다.

그리고 세 영화를 눈 아파하며, 머리아파 하며 본 결과, '여자는 남자의 미래다'는 "땡", '노보', "음... 괜찮은데". '인 더 컷', "빠져버렸어"다.

본격적인 영화 텍스트를 풀기 전에, 나는 거두절미하고 일단 여주인공 프레니(멕 라이언)의 그림자 역할을 하는 남자 주인공 말로이 형사(마크 러팔로)에게 빠져버렸다. 오, 섹시한 저 남자의 낯선 아우라. 노련한 듯 순진한 듯 여자를 매혹시키는 저 야하고 인간미가 철철 넘치는 저 남자의 교태를 보라.

난 주인공 프레니의 아파트로 수사 차 방문한 그의 모습과 눈빛을 처음 대하고는 마크 러팔로가 연기하는 말로이 형사에 몰입하게 되었고, 마크 러팔로라는 배우가 이 영화에 적합한 바로 그 말로이 형사를 아주 잘 연기하고 있다는 것을 직감적으로 알아차렸다.

암튼 내가 이 영화에 무섭게 빠져든 것은 요사이 내가 관심을 갖고 있는 그 어떤 주제와 닿아있기 때문일 수도 있겠다.

먼저 이 글을 보고 있는 당신에게 묻겠다.

당신은
당신의 사람들과
당신의 상황들과
당신의 욕망과
직접적으로 맞닿아 있는가,

나의 사람들, 나를 둘러싸고 있는 상황들, 나의 욕구....
당신은 이 같은 실재들에 정직하게 반응하고 있는가.

영화는 초반부 고등학교 영문학 교사 프레니의 수업장면에서 버지니아 울프의 소설 등대로의 한 구절을 들려준다.

"관념의 흐름과 의식의 흐름은 같지 않음에도 불구하고 동일하다고 여기는 것은 오류다."

매순간 생생한 의식을 가지고 살아가기란 쉽지 않다.

의식이 또렷이 자각되어 있는 채로 살아가기엔, 살아있는 의식으로 일일이 다 반응하기엔, 세상의 자극이, 사람들의 거절이, 상황이 주는 스트레스가 너무 강하다.

아니 그러기엔 나는 너무 약하다.

약한 자아를 가진 사람들은 일일이 그러한 압박을 받아낼 힘이 없다. 아니, 그러한 치열함 속에서 자신을 지켜낼 자신이 없어서 의식을 은근슬쩍 off 하고 의식의 영역에서 반응해야 할 실재와의 만남을 관념의 세계로 밀어 넣는다.

머리로 하는 생각과 가슴이 느끼는 감정은 다르다. 흔히 사람들은 가슴으로 반응하기가 겁이 나고 시시각각 사람들에, 상황들에 노출되어 수없이 교차하고 서로 얽히고 얽어매는 전투장과 같은 지금 이 순간을 버틸 힘과 여유가 없기 때문에 머리로 반응한다.

자신의 욕망을 드러내는 것도
타인의 거절을 견뎌내는 것도

가슴으로 받아내는 것이 너무나 고통스러우므로 머리를 통해 객관화(지식화)라는 필터링을 거쳐 간접적으로 존재와 상황과 대면한다.

늘 단정하다 못해 지루한 옷차림과 생기 없고 건조한 단발머리, 어디론가 항시 떠날 것처럼 카트를 끌고 다니는 고교 교사 프레니는 자신의 고교 제자인 코넬리우스와 허름한 바에서 비속어 수집 작업을 하던 중 지하 화장실 통로에서 젊은 남녀가 오럴섹스를 하고 있는 장면을 목격한다.

그들을 훔쳐보는 프레니.

나는 여기서 웬 갑갑한 노처녀가 은밀한 장면을 훔쳐보고는 자신도 모르게 욕망에 눈뜨게 되었다라는 상투적인 해석은 하지 않겠다. 다만 그 감각적인 장면에서 보았던 젊은 남자의 검은 머리칼, 손목의 문신, 양복차림은 그 바에서 일어난 살인사건을 이유로 다음 날 자신의 집을 찾아온 비슷한 인상의 말로이 형사에 대한 이끌림과 호기심을 유발하였으리라.

수사 차 자신의 파트너와 함께 프레니를 또다시 방문한 말로이 형사는 프레니에게 사적으로 껄떡거린다. 프레니는 소극적으로 거부하지만 자신의 이복동생이 적극적으로 만나보라고 바람을 넣자 마침내 그와의 데이트에 응한다.

자신과는 딴판인 자유분방하고 거침이 없는, 프레니의 지나친 절제와는 다른 과잉으로 자신의 결핍을 드러내는 이복여동생을 프레니는 사랑하고 애착한다. 이복동생은 프레니의 욕망을 대신 들여다보게 해주는 거울과도 같은 존재였을까.

프레니가 말로이 형사와의 관계를 이어갈수록 여자들의 목과, 손과 발, 척추는 계속해서 무참히 잘려나간다. 더군다나 살인사건이 일어났던 바에서 보았던 그 여자가 바로 살해된 여자라는 것을 안 프레니는 자신이 만나고 있는, 정작 자신을 수사했던 비슷한 인상의 말로이가 범인일 지도 모른다는 의혹을 갖게 된다.

하지만 프레니는 자각하기 시작한 자신의 욕망을 차단하지 않는다.

프레니는 위험한 발걸음을 멈추지 않는다.

욕망을 자각하는 것은 위험한 것이다. 그것을 드러내는 것은 더더구나 미친 짓일지도 모른다. 욕망을 자각하고 드러내는 것은 그것이 꺼내어졌을 때 너무나 쉽게, 위태롭게 타인에 의해 잘려져 나갈 수 있다는 공포와 스릴러에 다름 아니다.

시시각각 살해된 여자들이 늘어가고 급기야 자신이 그토록 애착하던 자신의 여동생마저 끔찍하게 살해된다. 프레니의 욕망의 대가는 바로 자신의 여동생의 죽음으로 극대화된다. 하지만 욕망에 정직하게 반응하기 시작한, 실재와 직접 대면하기 시작한 프레니의 발걸음은 더욱더 결연해진다.

잘려진 여동생의 머리를 꼭 부둥켜 앉은 채 통곡하는 프레니. 그녀는 말로이에게 자신의 여동생이 어떻게, 무엇으로 살해당했는지 똑바로 말해달라고 요구한다. 비록 아프고 처참하지만 끝까지 견디면서 그 상황을 하나도 놓치지 않고 듣는다.

이제 컷의 공포는 여동생의 죽음, 말로이에 대한 의혹과 애착이 점철된 혼란 속에서 프레니를 더욱더 극적인 상태로 몰아넣는다. 여동생의 죽음으로 거의 반공황상태가 되어버린 프레니를 찾아와 그녀를 씻겨주는 말로이에게 그녀는 말한다.

"내가 원하는 게 두려워요."

결국 범인은 말로이가 아닌 다른 사람으로 드러났지만, 영화에서 범인을 처단하는 사람은, 자신의 욕망을, 여성들의 욕망을 무참히 컷시켰던 그 살인마를 처단하는 것은 형사인 남자친구 말로이가 아닌 바로 욕망의 주체인 프레니 자신이었다.

영화 〈피아노〉의 감독이자 대표적인 여성주의 감독인 제인 캠피온

은 영화에서 여성의 욕망이 사회라는 맥락 안에서 어떻게 수용되는
지를 스릴러라는 장치를 통해서 말하고자 한 것 같다.

하지만 비단 컷의 공포가 여성에게만 국한된 것이랴. 인간은 타인
과 더불어 살아가면서도 타인을 경계한다. 너와 나의 정체가 폭로되
기 전까진 그 누구도 쉽게 자신을 드러낼 수 없다. 그것은 스릴러다.

내가 우습게 보이지 않을까
내가 이상한 것은 아닐까
나를 해치지 않을까
혹시 내가 죽지는 않을까

이 모든 두려움은 바로 컷의 공포다.

나를 드러내는 순간,
나는 컷 당할 운명에 처해 있는 것이다.
컷, 컷, 컷.

하지만 욕망을 차단하지 않고 컷의 공포를 이기며 컷의 당사자를
처단한 용감한 프레니처럼 나 역시 자신의 욕망에 정직하기, 실재와
직접적으로 대면하기가 전적으로 필요하다고 믿는다.

비록 자신의 욕망에 직접적으로 대면하는 것이 영화에서처럼 '공포'와 '스릴러'와 같은 두려움을 줄 지라도.

실재(reality)를 놓치면 삶의 생기가 사라지더라는. 생기 없는 삶이야말로 참으로 상투적인 표현이지만 이미 죽은 것이므로.

부디 용기를 갖고 욕망과 실재와 부딪히자. 거짓 삶을 만드는 것은 다름 아닌 바로 나 자신이다.

비록 컷의 공포가 두렵더라도
영화에서처럼 감히 컷의 당사자를 처단하지는 못할지라도

나는 욕망과 컷의 공포 사이에 놓여있는 간단치 않는 긴장 속에서, 수없이 잘려져 나가고 떨어져 나갈지언정 욕망의 은폐가 아닌 욕망이 드러나는 바로 그러한 컷들 안에서(*in the cut*) 진정한 삶의 미학이 존재한다고 믿는다.

대체 알고 싶은 게 뭐야

클로저(Closer, 2004)

한 번 씩 들락날락거리는 온라인 영화 사이트에서 영화 클로저가 간만에 나온 본격 성인 멜로물이라는 소리를 접하고 설 연휴 부산에서 친구와 함께 이 영화를 극장에서 봐 버렸다. 왠지 이런 영화는 스물아홉에 걸맞는 진지함을 갖춰가고 있는 딱 지금에 봐줘야 하는 거라고 생각하며.

복잡한 성인남녀들 간의 사랑을 영화에서 과연 어떻게 보여주나. 간만에 영화에 대한 궁금함과 기대감이 생겨났다.

진지 멜로 일색일 것만 같았던 이 영화 말미에서 기대치 않았던

폭소를 터트리는 등 솔직히 영화를 보는 내내 대체 영화가 말하고자
하는 바를 알기가 힘들었던 나는 마지막 주인공 알리스의 깜찍한 반
전으로 인해 클로저의 진실을 알아버렸다.

영화는 댄(주드 로), 알리스(나탈리 포트만), 사진작가인 안나(줄리
아 로버츠), 안나의 남편 래리(클라이브 오웬) 이 남녀 4인이 벌이는
교차적인 애정 행각을 중심으로 채워진다.

댄과 알리스가 "hello, stranger"하고 길거리에서 만나 사랑에 빠
진다. 고작 부고 기사를 작성하는 일개 기자였던 댄은 스트립댄서인
자신의 스윗 달링 알리스를 모델로 한 소설로 일약 인기 작가가 된
다. 이후 화보 사진을 찍다가 사진가 안나를 만나 또 사랑에 빠진다.
댄은 또 하릴없이 안나라는 닉네임으로 여자인체 하며 의사 래리와
낯 뜨거운 채팅을 하는데 급기야 래리와 나가지도 않을 번개약속을
잡는 바람에 마침 번개 장소에 우연히 나와 있던 서로 생면부지였던
진짜 안나와 래리를 엮어준다.

댄은 함께 사는 알리스를 두고 안나를 만나고,
안나는 결국 래리와 결혼을 했지만 댄과 불륜한다.

암튼 나는 영화를 마지막까지 보고서야 영화 클로저에서 핵심 열

쇠를 쥐고 있는 인물은 바로 알리스라는 것을 알 수 있었다.

알리스, 그녀는 스트래인저만이 진정 클로저로 남을 수 있다는 것을 아는 유일한 인물이었다.

진실과 사실은 다르다.

가깝다는 것은
반드시 상대방에 대한 사실을 다 알고 있는 것과
비례하지 않는다.

상대방에 대한 '사실'과
상대방을 사랑하는 '진실'은
일치하지 않는다.

래리와 알리스에게 상처를 주면서까지 상대방에 대한 절절한 사랑으로 일관하던 안나와 댄의 사랑은 안나가 둘의 사랑을 이루기 위해 래리에게 이혼도장을 받으러 갔다가 하룻밤 섹스라는 래리의 흥정에 응하였다는 사실 때문에 즉시 균열된다.

자신의 사랑이 진실하다면 그깟 이제 전남편일 뿐이자, 무엇보다 자신에 대한 사랑으로 그 행위에 응했던 안나를 위로해 줄 법도 한데, 댄의 진실한 사랑은 안나와 래리와 있었던 한낱 그 사실에 속수무책으로 무너진다.

그에 비해 알리스는 자신이 사랑하는 댄이 다른 여자 안나와 사랑에 빠졌고 자신이 곁에 있는 동안에도 둘의 집에서 안나와 섹스를 했다는 사실에도 불구하고 변함없이 댄을 사랑한다.

자신의 마음을 속일 수 없다는 이유로 사랑의 진실만을 믿고 떳떳하게 혹은 잔인하게 섹슈얼리티에 대한 적나라한 사실을 알리스와 래리에게 고백하였던 댄과 안나는 후에 바로 그 '사실' 때문에 파국을 맞이한다.

하지만 알리스는 댄이 이혼 도장을 미끼로 래리가 제안한 하룻밤 섹스에 응한 안나를 용납하지 못해 안나를 떠나 자신을 다시 찾을 때도 기꺼이 댄을 받아준다.

알리스, 그녀는 사랑의 판타지와 남김 없는 사실이 공존할 수 없다는 것을 여전히 알지 못하는 철없는 댄을 존재 그 자체로 사랑한다. 그렇지만 그녀는 너무나 잘 알고 있었다. 자신은 비록 자신을 버리고 간 댄을 용납할지언정, 댄을 사랑하는 자신의 진실은 자신에게 있었던 남김 없는 사실에 의해 훼손될 수 있다는 것을.

때문에 돌아온 댄이 알리스가 있는 스트립바로 래리가 찾아갔을 때 그와 잤냐고, 사실여부를 물을 때 아니라고만 대답한다.

자신의 리얼 러버인 댄에게도 알리지 않았던 자신의 본명을 안나에게 버림받고 스트립바로 찾아온 래리에게는 말할지언정, 댄에게는 그저 댄을 사랑하는 알리스로만 남기를 원한다.

하지만 여전히 사랑의 진실만을 믿고 사실에 집착하는 댄에게 알리스는 말한다.

"좋아, 그럼 그날 밤 무슨 일이 있었는지 말할게.
조금 전까지는 너를 영원히 사랑하고 있었지만,
이젠 더 이상 너를 사랑하지 않아.
그날 밤 래리와 밤새도록 fuck했어."

"hello, stranger"하며 댄과 사랑에 빠졌던 알리스는 인간의 유치하고 잔인한 사실에의 욕망에 의해, 그 남김 없는 사실이 사랑의 진실을 파괴하는 순간, 더 이상 댄을 사랑하는 알리스가 아닌 제인 존스로 돌아가 버렸다.

사랑하는데 무엇이 중요한 것일까.

진실인가, 사실인가.

그렇다면 진실이란 과연 무엇인가.

진실과 사실은 분리될 수 없는 것이지만,
반드시 일치하는 것은 아니다.

사랑의 믿음은
그 사람을 사랑한다는 진실은
사랑하는 사람의 존재에 있는 것일까.
그 사람에 대한 사실적인 데이터에 있는 것일까.

영화는 말한다.

그러니 너무 알려고 들지 마,
사랑을 위해서라면.

closer? 가깝다고 너무 믿지 마,
믿는다고 경솔하게 굴다가는

끝날 수 있거든(closed).

사실에 가까워질수록
관계는 끝장난다는 클로저의 역설을 영화는 보여준다.

바로 stranger만이
진정 closer일 수 있다는 알리스의 진실을 통해.

아주 특별한 써니

아이, 로봇(I, Robot, 2004)

"아버지는 나를 특별하게 만드셨어.
나는 특별해(I'm unique.)."

족히 수 만 대는 넘어 보이던 NS5들. 그들과 한 치의 오차도 없이 똑같이 생겼지만 스스로를 말할 수 없이 특별하다고 믿는 로봇 '써니'.

로봇 스스로가 자율의지를 갖고 진화하여 제3원칙에 따라 알아서 인간을 챙기겠다고 나서는 마당에 써니는 논리로 움직이는 로봇종족의 설득과 회유에 '너무 비인간적이야'라고 대꾸한다. 그리고 자신의 종족인 로봇들을 사정없이 무찌르고 임무완수를 위해 거침없이 내달린다. 바로 자기를 특별하게 만든 아버지에 대한 믿음으로.

아아, 사랑스런 써니.
듬직한 우리 친구 써니.

로봇과 인간, 제작자와 제작물이라는 기계적인 연관관계를 넘어 아버지와 자식으로서 사랑과 믿음으로 연결된 저 애틋하고 끈끈한 유대감을 보라.

비록 자신을 특별하게 만들어 주었고, 자신에게 유일하게 '써니'라는 이름을 부여해준 사랑하는 아버지는 죽었지만 써니는 로봇들 속에서도 특별한 자신을 잃어버리지 않는다.

로봇 써니가 로봇들의 논리에 흔들리지 않고 꿋꿋하게 인간 아버지와의 약속을 이행하고자 하는 것은 바로 자신을 특별하게 창조한 아버지에 대한 사랑과 신뢰 때문이다.

연신 '나는 특별해'하며 전진하는 써니의 씩씩한 행보는 사랑스럽다 못해 감동적이다.

이렇듯 사랑받은 자의 자존감은 위대하다.

사랑의 힘은 강철 로봇에게도 예외가 없다.

우주를 히치하이킹하다

은하수를 여행하는 히치하이커를 위한 안내서
(The Hitchhiker's Guide To The Galaxy, 2005)

"세상을 옳게 사는 것보단 행복하게 살고 싶어."

영화가 끝날 때까지 쉴 새 없이 우주를 상대로 '뻥'을 치는, 마치 '영혼의 근원인 우주의 웃음바다로 돌아갔다'는 라즈니쉬의 풍모를 연상케 하는 스케일 최고로 큰 순사기뻥쟁이 영화 '은하수를 여행하는 히치하이커를 위한 안내서.'

뚜렷한 기승전결이나 인과관계 따윈 안중에도 없이 막가파식으로 전우주를 종횡무진하며 황당하고 유쾌한 뻥을 쳐대는 이 깜찍하고도 기발한 영화는 실은 이 말을 하고 싶었던 건 아닐까.

우리는 차마 헤아릴 수 없을 만큼 거대한 우주에 속해 있다는 것, 어쩌면 우주의 섭리란 그저 부조리이자 아무것도 아닌 거라고. 뭐든지 납득이 되어야하고 아귀가 딱딱 맞아떨어지기를 바라는 우리에겐 그저 뻥이고 우연일 뿐인.

따라서 견고하게 자신만의 삶의 테두리를 쳐놓고 그 속에서 애써 무겁게 살아가느라 정작 영혼의 근원인 우주의 웃음바다에 굳이 빠지지 못하는 어리석은 우리자신을 일깨워 주고 싶었던 것은 아닐까.

우주적인 농담을 통해 영화는 은하계의 미약한 일부일 뿐인 자신의 존재를 망각한 채 마치 자신이 우주전체를 거머쥔 양 전전긍긍 심각하게 살아가는 우리를 슬쩍 비웃는 듯하다. '이봐 실은 별것도 아닌데 뭘 그래?' 하며.

당장 지구가 통째로 우주재개발정책으로 사라질 판에 한낱 자기 집이 강제로 헐리는 것에 목숨을 거는 주인공과 같은 우리들에게.

그러니 인생 뭐 있니
그냥 가볍게 세상을 히치하이킹하며 살아.

쫄지 말고!

(don't panic!)

소리를 듣는 그녀의 여정

콘택트(Contact, 1997)

"전 경험했습니다.

증명하거나 설명할 수도 없지만

한 인간으로서 그것이 사실이었다는 것을 압니다.

저는 제 인생의 변화를 가져올 소중한 경험을 했습니다.

우주는 제게 보여줬어요.

비록 우리 자신이 작고 보잘 것 없는 존재이지만,

얼마나 귀중한지를 말이에요.

우린 우주에 속해있는 위대한 존재이며

또한 결코 혼자가 아니란 사실을 깨닫게 해줬습니다."

아주 아주 커다란 이 우주에는 우리 뿐 만 아니라 또 다른 누군가가 있을 거라는 믿음으로 끊임없이 '소리'를 듣는 엘리.

무모함과 용기의 경계에서 소리를 듣는 자신만의 고독한 여정으로 그녀를 이끌었던 것은 어쩌면 어릴 적 잃었던 사랑하는 아버지에 대한 그리움이었을 런지도 모른다.

'소리'에 집중하고 '소리'를 열망하는 그 순간만큼은 그녀는 그리운 아버지의 체취를 느낄 수 있었을 런지도 모른다.

외계로부터 전송받은 설계도에 따라 제작된 우주선을 타고 마침내 그곳으로 가게 된 엘리. 그녀는 꿈에 그리던 아버지, 아니 아버지의 모습을 한 외계의 존재와 조우한다.

"인간들은 흥미로운 면이 있어.
고립된 듯하지만 그렇지가 않아.

이러한 탐색을 통해 허무함을 채울 수 있는 유일한 길은
만남뿐이지."

"이제 어떻게 되죠?"

"집으로 가는 거다."

"하지만 다른 사람들도 이걸 봐야 해요.
아직 물어볼게 많아요."

"이건 첫걸음일 뿐이야. 수 억 년 동안 이렇게 해왔어.
....계속 나아가게 될 거다."

"계속 나아가는 거다, 계속."

외계와의 접촉은 해프닝으로 끝나고, 실패한 이 우주적 프로젝트를 정치적으로 계산하느라 바쁜 청문회에서는 아무도 그녀의 증언에 귀 기울이지 않지만 그녀는 자신의 일상으로 돌아와 예전처럼 묵묵히 접시를 가동하고 변함없이 소리를 듣는다.

이제 엘리는 예전만큼 쓸쓸하지도 외롭지도 않을 것이다. 우주를 횡단하고 배가성에 도달했던, 자신에게 일어났었던 그 엄청난 경험이 비록 스스로에게조차 혼자 꾸었던 꿈처럼 여겨질 지라도.

펜사콜라의 반짝이는 모래가 더 이상 혼자가 아니라는 것을 말해 주었듯이 수 억 년이 걸리더라도 우주는, 인류는 만남을 위해 계속 나아갈 것이기에.

"우주 밖에는 외계인들이 있나요?"

"좋은 질문이다. 어떻게 생각하니?"

"나도 몰라요."

"좋은 대답이야.
각자의 질문에 대한 해답은
여러분들이 스스로 찾아야 해요.

한 가지 분명한 사실은
우주는 굉장히 크다는 거예요.
그 어떤 것보다도 크다는 사실입니다.

그래서 만약 우리뿐이라면,
엄청난 공간의 낭비겠죠."

당신을 위한 나의 취향

타인의 취향(Le Gout Des Autres, 1999)

영화를 다소 건성건성 보아서 섣불리 말하기가 좀 그렇지만 영화에서 취향이란 곧 관심과 사랑이었던 것 같다.

돈 잘 버는 사업가이지만 통통하고 순박한 외모에 그다지 교양 있어 뵈지 않는 평범하고 매력 없는 대머리 중년 남자 카스텔라는 우연히 본 연극에서 열연하는 말단 연극배우이자 영어교사인 클라라를 보고 한눈에 반한다.

클라라는 많이 배우고 교양 있는 여자지만 시시한 연극배우이자 가난한 개인 교사이기도 하다. 연극에의 열정을 마치 담보처럼 움켜

쥐고 있지만 초라한 지식인이며, 건조하기만 한 딱딱하고 이지적인 면모는 그녀의 매력 없음을 부채질 한다.

그녀는 어쩌면 다른 방식으로 허영의 사람이다. 대놓고 요란하게 치장하며 돈을 쓰는 외적인 허영의 모습이 그녀에게는 연극에의 열정으로 대체되어 나타나는 건지도 모른다. 구질구질한 가방끈 생계형 노동자의 자존심을 보상해 줄 만한 가난하지만 우아한 예술가의 모습인 채로.

그녀에 대한 이런 나의 평가는 별로 정이 느껴지지 않는 따분하고 인색한 그녀의 인상 때문인지도 모른다. 때문에 연극과 예술을 얘기하는 그녀를 보며 그 열정에 담긴 진정성 보다는 고상한 허영의 속성이 더 느껴졌는지 모른다.

아무튼 영화 밖 시청자인 내가 보기엔 별 볼일 없는 매력 없는 그녀를 훨씬 가진 것도 많고 인간적인 미덕도 많은 순박한 사업가 아저씨 카스텔라는 흠모한다.

급기야 그녀에게 배운 영어로 그녀에게 시를 바치지를 않나, 그녀의 잘난 식자 친구들과 눈치 없이 어울렸다가 망신을 당하지를 않나, 덜컥 큰 선물을 했다가 그녀에게 면박만 받지 않나. 세상에서 가장 아름다운 미덕인 타인을 향한 순수한 애정과 관심은 높은 교양의 벽 앞에서 번번이 허둥댈 뿐이다.

클라라를 향한 카스텔라의 호의는 고상한 취향을 흉내 내는 것으로 간단히 치부 당한다. 하지만 카스텔라는 응답은커녕 민망한 지경을 매번 자초하면서도 단순히 그녀를 흠모한다는 그 이유 때문에 변한다. 회사에 어울리지도 않는 아트한 간판을 내걸라고 직원에게 지시하고, 빠짐없이 그녀의 연극을 보러간다.

우여곡절을 거쳐 이른 영화 말미에 짐짓 자신의 교양의 테두리 안에서 그를 제한하던 클라라는 마침내 카스텔라의 진심을 있는 그대로 볼 줄 알게 된다.

사람의 취향만큼 변하기 힘든 것도 없다면 그녀의 취향을 어린아이같이 따라가는 카스텔라의 노력은 분명히 사랑이다. 사랑하는 그녀의 것이라면 비록 몸에 맞지 않는 옷처럼 어색해도 좋아해 주고 싶고 맞춰주고 싶은 것이 그의 진심이었으리라.

문득 이런 생각이 들었다.

취향을 단순히 취미가 아니라 한 사람의 존재, 스타일, 습관으로 확장시켜 본다면. 타인의 취향에 타인의 좋고, 싫은 갖가지 인간적인 면모가 포함된다고 한다면, 타인이기에 낯설고 어려운 것은 당연하다는 이유로 타인 그 자체를 용납하는데 한계가 있는 것 같다는 생각이 들었다.

그 타인에 대한 관심과 사랑이 있어야 낯설고 이질적이며 못마땅한 그 구석들이 견디어도 지고 급기야는 인정도 되면서 닮아도 가게 되는 것 같다.

물론 애정이 있든 없는 타인을 대하는 기본적인 예의로써 적당한 수준의 용납과 유보는 필요할 테지만 내 것도 아닌 무려 타인의 취향을 적극적으로 고려하고 인정하고자 하는 동기는 타인을 향한 작은 관심에서 출발하는 것 같다.

단순한 타인에서 의미 있는 타인으로 넘어오는 데 필요한 결정적 요소는 바로 애정이라는 생각이 든다. 영화를 보면서 그 애정의 중요성을 다시금 확인하는 것 같다.

시네마 파라디소

줄 앤 짐(Jules And Jim, 1961)

중고교 시절 내내 애독했던 영화잡지 로드쇼는 많은 추억을 선사한 나의 시네마천국이었다.

두꺼운 잡지 곳곳에 새겨진 낯설고 어려운 영화들 중에서 필이 꽂히는 영화가 생길라치면 언젠가 저 영화를 보고야 말리라, 막연하지만 굳게 결심했고, 그렇게 영화를 보고 확인하기 전의 설레고 들뜬 마음은 어쩌면 그 자체로 판타지가 어울렸던 그 시절의 멋진 선물이 되었는지도 모르겠다.

그 중에서도 '이 한 장의 스틸'이라는 한 페이지짜리 토막 코너에

실린 프랑소와 트뤼포 감독의 영화 '쥴과 짐'의 매혹적인 스틸 컷을 본 이후 나는 무조건 그 영화를 봐야겠다고 마음먹었다.

마침 동네에 있는 프랑스 문화원에서 매주 고전 프랑스 영화들을 상영한다는 것을 알았고 날짜가 지난 신문을 통해 지난주에 이미 그 영화가 상영되었다는 안타까운 사실을 발견했다.

직접 프랑스 문화원에 전화를 걸어 상영일은 지났지만 지금이라도 개인적으로 볼 수 있느냐, 안된다면 어떻게 안 되겠느냐. 그것도 안 된다면 다시 언제 상영하냐. 집요하고 절실하게 문의를 했었다.

간절히 원하면 이루어진다던가. 그때부터 나는 신문에 매주 실리는 프랑스 문화원과 시네마떼끄 상영 스케줄을 착실하게 챙겼다. 결국 1년이 지난 고등학교 1학년 겨울인가, 그 영화 쥴과 짐이 집근처 시네마떼끄에서 상영한다는 정보를 마침내 접했다. 그리고 혼자 그곳엘 갔다.

부산국제영화제가 개최된 이후 지금은 해운대 수영만 요트 경기장 안에 아담하고 멋들어지게 지어져 운영되고 있지만, 당시 부산 시네마떼끄는 지금처럼 대중적으로 알려지지도 않았고, 남천동 KBS방송국 근처 허름한 건물 몇 층 한구석에서 영세로 운영되던 수준이었다.

알고 있기론 3000원의 입장료를 받는다고 했었는데, 관계자가 대뜸 "혼자 왔어요?" 묻는 말에 그렇다고 하니 그냥 웃더라. 검은색 사파리를 입고는 바가지 머리를 하고 온 중학생 정도로 보이는 웬 애송이냐 싶었던지 그냥 들어가라고 했다.

작은 사무실 같은 공간에 소파와 의자 몇 개가 놓여 있는 그곳엔 성인 몇몇이 아주 편안한 자세와 진지한 눈빛을 하고는 미리 와 있었다. 비록 그들보다 한참 어렸지만 왠지 그들도 나와 같이 이 영화를 찾아 왔구나 하는 묘한 동질감을 느꼈었다.

이윽고 영화가 시작되고 흑백의 영상이 펼쳐졌다. 영화를 보는 시간은 나를 여기까지 이끌었던 그 한 장의 스틸 컷의 매혹을 온전하게 확인하는 나만의 비밀스런 의식이 되었다. 비록 영화 상영 내내 영어 자막에 가끔씩 독어 자막도 섞여 나와 내용전달은 거의 포기해야 했지만.

막상 내게 보여 지는 영화는 기대했던 삼각관계의 애틋함도 생뚱맞았고 예상치도 못했던 무거운 전쟁이야기에 마지막 엔딩마저 엉뚱하기 그지없었다. 그렇게 황당했지만 누추하고도 귀한 영화 도서관을 나설 때는 괜스레 허허롭고 뿌듯했던 것 같다.

미지의 매혹을 내 눈으로 확인할 수 있어서였을까. 보고 난 이후 잠시 동안 그 어떤 감상도, 언급도 없이 마음으로 느끼고 싶은, 나도 전혀 예상치 못한 오묘한 심정이었다.

문득 인터넷도 없던 시절 개봉 영화 외엔 영화에 대한 정보라곤 거의 얻을 수 없었던 척박한 환경에서 쥴과 짐 말고도 로드쇼의 소개를 받아 마니아 영화 대여점인 영화마을을 뒤져가며 찾아보았던 그때 그 시절의 영화들이 생각난다.

혼자서 마냥 궁금해 하며 간절히 보고 싶었던 매혹의 순간을 마침내 영상으로 만나 음미하고 빠져들던 그 때 그 마술 같은 순간들이.

Flying

이티(E.T., 1982)

이티를 낯설고 위험한 물체로만 여겼던 어른들은
결코 아이들처럼 날 수 없었다.

자전거를 타고 하늘을 자유롭게 날아오르는 것은
지구 바깥의 외계생명체를 존중할 줄 아는
따뜻하고 순수한 이티의 친구들만이 누릴 수 있는 특권이었다.

눈물 나게 부러웠다.
신비와 현실이 아무렇지도 않게 하나일 수 있는
아이들의 세계가.

서럽게 감동적이었다.
낯설고 이질적인 모양새를 한 선한 존재를 알아보는
가볍고 투명한 아이들의 마음이.

어른이 된 것에 가슴이 아팠다.
별개의 존재라도 상관없었던 아이들의
천진하고 우호적인 태도와
그들이 나눈 부드러운 우애를 보고.

아, 나도
아이들처럼 이티와 함께 날고 싶어라.

가볍게 훨훨.

괜찮아, 후회해도

이터널 선샤인
(Eternal Sunshine Of The Spotless Mind, 2004)

'나 예뻐? 사실 어릴 때 못 생긴 게 싫어서
나닮은 인형을 보며 아름다워지라고 주문을 걸었어.
인형이 변하면 나도 그렇게 변할까봐.
자기야 나 버리지마.'

'자기가 세상에서 제일 예뻐.'

'이 기억만은 지우지 말아 주세요.'

케이트 윈슬렛의 고백으로 두 사람이 진정으로 조용한 첫 순간.

짐 캐리의 과묵한 눈매가 좋았다. 영화를 보며 그가 무척 훤칠하고 잘생긴 미남이라는 것을 알 수 있었다. 케이트 윈슬렛이 아름다운지도 비로소. 매리역의 커스틴 던스트는 두 주연과 함께 대단히 훌륭한 연기로 영화를 도왔다.

관계의 최후의 순간부터 기억을 지워나가다가 최초로 만났던 그 기억에 이르러 말해지는 고백에 가슴이 아렸다.

'사랑해 (I love you).'

지긋지긋해진 감정과 후회감에 선택한 작업이었건만 너와의 시간을 삭제하는 작업의 끝에 나오는 말은 '너를 사랑한다'였다.

어느새 그만 돌아서고 싶고 지우고 싶을지라도 다시 마주하게 되는 사람이 너라면, 그때 너를 선택하려 할 때 그래도 괜찮다면, 까짓 것 또 힘들어도 괴로워도 괜찮다면 또다시 잊힌다 해도 우리, 영원히 빛나게 사랑할 수 있을 거야.

기술과 자연, 편의와 교감에 대하여

킹콩(King Kong, 2005)

킹콩을 보며 들었던 진지한 감상 두 가지는 첫째로 직립에 양팔, 양손을 사용한다는 것은 그 어떤 능력보다 가장 우월한 점이며, 그것은 인간이 지구의 주인인 양 행세할 수 있는 명확한 이유라는 것.

둘째로 기술은 과연 우리에게 어떤 의미이자 가치를 지니고 있는 걸까. 기술의 진정한 실용성은 과연 존재하는 것일까. 기술의 한계에 대한 소감이다.

킹콩과 공룡의 대결을 보며 양팔과 양손을 사용한다는 것이 얼마나 위대한 일인지 알 수 있었다. 그런 무리들 중에서도 가장 으뜸이라는 인간종족에 내가 속해있다는 것이 난데없이 자랑스러울 정도.

제 아무리 커다란 덩치에 무시무시한 이빨이 박힌 커다란 아가리를 갖고 있어도 두 팔을 인간처럼 휘두르는 킹콩과 맞서 이길 수 없었다. 섬세한 두 팔의 사용은 킹콩의 덩치와 파워보다 더 빛났다.

킹콩과 앤, 둘의 교감은 편안하게 다가왔고 세 주연배우 나오미 왓츠, 애드리언 브로디, 잭 블랙의 연기에 칭찬을 해주고 싶다. 킹콩과 함께 열심히, 성심껏 작업에 임한 그들의 애정과 진정성이 느껴졌다.

킹콩과 앤이 좋은 시간을 보낼라치면 틈도 주지 않고 무기를 들고 쫓아와 성가시게 하는 사람들을 보며 힘을 통제하는 편리한 기술이란 것이 자연과의 자연스러운 교감을 망치고 방해하는데 참으로 유용하다는 생각이 들었다. 첨단 기술이 자연과 인간의 교감을 위한 긍정적인 매개가 될 수 있다는 생각은 결국 환상일 뿐인 걸까 고민하기도 했다.

흡사 벌떼 같은 인간들의 묻지 마 공격이 계속되자 킹콩은 자처해서 뉴욕 마천루의 꼭대기로 올라가 하늘을 배경으로 콩의 왕답게 홀로 위엄 있게 싸웠고 사랑을 다한 최후를 맞이하였다.

콩은 근사하고 사랑스러웠으며 콩이 위태로울 때마다 '안 돼'라고 외쳤던 앤과 함께 영화 내내 울고 웃을 수 있었다. 콩이 당했던 억울한 공격들과 안타깝지만 어쩔 수 없었던 죽음은 인간인 나에게 숙연한 여운을 주었다.

킹콩, 안녕.

그는 무엇과 전쟁 하는가

우주전쟁(War Of The Worlds, 2005)

영화가 끝나고 막연하고도 복잡한 심경으로 잠시 그대로 있었다. 영화는 무척 모호하고 묵직했다. 적어도 나에겐.

물론 논란이 많았던 이 영화를 직접 보기도 전에 여기저기 비평가들의 글들을 읽어본 탓도 있겠지만 변질된 혹은 추락하는 스필버그의 졸작이라고 단정하기엔 뭔가 짚이는 게 있을 거라는 생각이 들었다.

외부로부터 공격을 받을라치면 부실했던 가족적 유대감도 확실하게 갱신되는 판에 다분히 기술적 스릴을 안겨줄 듯한 '우주전쟁'이란 타이틀을 달고서 영화는 낯선 외계의 침략에서 유발하는 공포와 재난을 배경으로 계층이 다른 가족 간에 발생하는 실질적인 균열과 이질감을 오히려 부각시키고 있는 듯 했다.

이혼한 처와 함께 살고 있었던 상류층 아이들과 거친 노동자 계급의 아버지 사이에 놓여 있는 괴리감을 영화는 내내 은근하지만 예리하고 강력하게 내비친다. 비록 부모 자식 간이라도 엄연히 존재하는 계층차이는 아이들의 생명을 구하고자 노력하고 있는 부권의 행사를 무색하게 만든다.

위기상황에서 필사적으로 자식들을 데리고 몸부림치면서도 실상 영화에서 내내 소외되고 있는 아버지 탐 크루즈의 존재와 아버지와 아이들 간에 존재하는 서로 다른 계층적 면모에서 빚어지는 은근한 불협화음은 단순한 설정으로 무시하고 넘어가기엔 분명하고 사실적이었다.

외계침략자들이 순식간에 조성한 위기를 피해 아이들을 무사히 지키고자 노력하면 할수록, 자신의 아이들을 끼고 탈출에 탈출을 거듭하면 할수록 탐은 점점 진짜 위기를 깨달아 간다.

숨 가쁜 상황 속에서 주인공이 간간히 내비치는 황망함이 섞인 의

미심장한 절망감은 그가 본능적으로 감지한 계층적인 무언가와 관련되어 있는 듯 했다.

외계침략자들은 알아서 죽고 아이들은 부유하고 안전한 엄마의 가정으로 무사히 양도되지만 정작 주인공인 아버지는 먼지를 뒤집어 쓴 채 뒤에 그대로 남겨진다.

이 모든 종결이 주는 안도감에 한번쯤 편안하게 웃을 법도 하건만 톰의 어둡고 막막한 표정은 황당한 결말과 함께 알듯 말 듯 한 간단치 않은 메시지를 본격적으로 던지는 듯하다.

침략은 무산되고 재앙은 끝났지만 동시에 재앙은 여전히 존재하고 있다.

영화가 끝나고 대체 스필버그의 속내는 무엇일까.
그는 무엇을 말하고 싶은 걸까.
정말 궁금해졌다.

사랑을 맹세한 그 곳

브로크백 마운틴(Brokeback Mountain, 2005)

"모든 게 브로크백 마운틴 덕분이야."

20년간 애달게 이어질 사랑을 만났던 곳.

너와 나의 행복한 놀이터이자 안타까운 은신처였던 곳.

그곳에 뿌려진 잭은 비로소 그토록 원했던 사랑과 온전히 잠들 수 있었을까.

불시에 먼저 떠나보낸 20년의 사랑에 그저 맹세한다고 했던 에니스는 이제 두 장의 셔츠를 남기고 간 친구와의 사랑에 떳떳할 수 있을까.

에니스를 그리워하고 원망하고 눈물짓던 잭. 에니스가 이혼했단 소리에 몇 십 마일을 한걸음에 달려온 잭의 설렘. 사랑하는 에니스에게 알리지도 못하고 훌쩍 먼저 가버린 안타까운 잭의 죽음.

많은 사람들이 언급했던, 구부정한 어깨에 말없이 외로움을 실은 에니스 보다, 적극적이고 정서적인 잭의 외로움이 나는 더 크게 와 닿았다.

브로크백으로 인해 사랑을 만난 그들은 그 사랑 때문에 평생 동안 그리움과 고통에 시달려야 했지만, '이 모든 것은 결국 브로크백 덕분이야'라고 생각하고 있을 것 같다.

비록 아프고 불행했었더라도.

사랑받지 못하는 자

언러브드(Unloved, 2001)

자신을 지키는 자
자신을 보존하는 자
자신을 사랑하는 자
자신에게 당당한 자

사랑받지 못하리.

지구를 향하여

地球へ(Toward the Terra,1980)

초등학교 때 보았던 그 SF 만화의 정체를 알아냈다. 짐작은 했었지만 역시나 수 십 년 전에 발간됐던 일본의 유명한 SF 애니메이션이란다.

SF적 상상력을 좋아하고 그 미지에의 상상력이 어떻게 시각적으로 구현되나 궁금하고 가슴 설레는 마음으로 SF를 즐겨보는 나는 그 때 티브이에서 보았던 잘생긴 영상과 비장한 철학적 메시지를 지금도 잊지 못한다.

장애가 곧 초능력이 되는 특정 부류로 판명이 되면 즉시 추방되는 종족이 있다. 그 종족의 수장이 될 운명이었던 남자 주인공이 그동안의 평범한 일상과 곧 변화될 새로운 미래의 경계에서 혼란이 담긴 형형한 눈빛으로 지구를 향해 떠나는 모습이 당시 너무나 인상적이었다.

수장이 된 그는 친구였던 하지만 이젠 적이 된 상대편 수장과 근원도 원인도 명확히 알지 못하는 운명 같은 대립과 전쟁을 죽을 때까지 해 나간다.

무너져 내리는 지반위에선 그들.
그들 앞에 있는 마더 컴퓨터에게 그들은 묻는다.

"왜 우리를 싸울 수밖에 없도록 놓아 뒀나요?"

"인류로 인해 멸망한 지구가 다시 회복됐을 때 어느 종족에게 지구를 맡길 것인가를 테스트하기 위해서다."

비장한 반목의 끝에서 두 종족의 수장은 운명 같은 최후를 맞이하고, 대립하던 남은 두 종족은 다시 시작하는 폐허 같은 지구에서 함께 공생한다.

일본을 다시 가게 되면 DVD를 꼭 구하고 싶다.

안녕, 내 사랑

수쥬(Suzhou River, 2000)

부산 시네마떼끄에서 매주 집으로 날라 오던 개봉 영화 소개 브로셔에 실려 있던 영화 수쥬.

인상적인 포스터와 감각적이고 몽환적인 스토리에 맘먹고 보러 가려 했는데 마침 동호회 모임이랑 겹쳐서 놓쳐 버렸었다. 그리고 일년 뒤, 대학교 4학년 2학기 도시사회학 수업에서 수쥬를 다시 만나게 됐다.

사랑의 전설을 품고 유유히 흐르던 수쥬강의 마법이 그때 영화를 보려 했던 나에게로 향한 것이었을까.

어쨌든 뜻하지 않은 곳에서 수쥬를 만난 나는 빽빽한 강의실에서 티브이 모니터로 그 영화를 봤다.

영화를 보는 당시엔 그저 아무 생각 없이 흥미롭게만 봤다. 허나 함께 수업을 들으며 영화를 본 타과 동아리 친구는 도무지 영화는 커녕 이 수업 자체를 이해할 수 없다고 불만을 토로한다.

그런 친구에게 전공 수업을 옹호하기 위해 '도시사회학'이란 수업과 이 영화가 어떤 연관성을 지니고 있는지, 어떤 맥락에서 해석될 수 있는지 열심히 이말 저말 지어냈던 기억이 난다. 그러다 나도 모르게 진지한 감상 포인트가 만들어졌던 신기한 기억도.

급격한 도시화가 진행되고 있는 중국 상해.

높디높은 동방명주가 설치되고, 곳곳에 자본의 물결이 넘실대는 그곳에 이전에도 흘렀고, 지금도 흐르고 있는 수쥬 강이 있다.

"옛날 옛적에 운명처럼 사랑하다
수쥬 강에 몸을 던진 두 연인이 있었데.
너도 나를 그렇게 사랑할 수 있어?
할 수만 있다면 그렇게 해 봐.

날 찾아봐."

하지만 그 전설을 건네고 사라진 연인을 남자는 찾지 않는다.

옛날의 전설은 그저 전설일 뿐.

영화 수쥬는 수쥬 강의 전설을 통해 근대화된 지금의 상해를 말한다.

지금의 상해는 더 이상 과거로 돌아갈 수 없다고. 운명과 영원을 얘기하던 과거의 상해는 더 이상 존재하지 않는다고. 과거의 사랑은 이제 판타지로 남았고 지금 우리가 사는 곳은 현재의 상해라고 영화는 말한다.

수쥬 강은 전설 같은 옛 사랑의 이야기도, 현재의 사연도 모두 품은 채 지금도 상해 한 가운데를 가로지르며 흐르고 있다.

Hello, Stranger

친밀한 타인들(Confidences Trop Intimes, 2004)

영화 '친밀한 타인들'에서
주인공 남녀는 완벽한 타인인 상대방을 통해
자신을 찾는다.

여자는 정신과 의사에게 간다는 것이
번지수가 틀린 줄도 모르고 세무사에게
자신의 얘기를 털어놓고

남자는 진실을 말할 타이밍을 놓치는 바람에
엉뚱하게도 정신과 의사 노릇을 하며

여자의 얘기를 들어준다.

비록 해프닝같이 시작된 그들의 교류는
어느새 자기 자신을 깨닫는 중요한 실마리를 제공한다.

남자는
친구인지 애인인지 애매한 여자 친구와의 관계와
좁고 답답한 사무실을 정리하고
다른 곳에서 새 생활을 시작한다.

여자는 남편에게 매여 징징거리는 것을 멈추고
남편의 그늘을 벗어나
자신이 원하던 발레 강사가 되어 아이들을 가르친다.

어쩌면 관계의 본질은
타인에게 있을지 모른다는 생각이 들었다.

우리는 가족, 애인, 친한 친구들과 같은
지극히 사적인 관계들에서
많은 의미와 가치를 부여하지만,

실은 관계의 비밀은
완전히 낯선 타인 속에 놓여 있을지도 모른다.

존재의 일부를 떼어주고
거리감이 어느새 사라져서
네가 나인지, 내가 너인지
모호해져 버리는 그 사적인 지점에서

자신이 누구인지 똑바로 이해하고 있기란
힘들지도 모른다.

어쩌면 우리가 소중하게만 생각하는 그 사적인 관계들이
나를 방해할 지도 모르고
우리가 낯설다고 기피하는 타인과의 관계들이 실은
나를 구원할 지도 모른다.

완벽한 타인이라는 그 확실한 거리감 속에
어쩌면 우리는 스스로를 들여다 볼 수 있으며
그것이 진짜(real)일 지도 모른다.

함께 해 온 시간에,

서로에 대한 익숙함에
관계의 가치를 두는 것은
그렇게라도 안정감을 찾고 싶은
우리의 바람일지도 모른다.

낯선 사람이 하도 많은 세상*에서
혼자이긴 외롭기에
그저 싫지는 않기에 만들어지는 관계,
그 이상도 그 이하도 아님에도 불구하고.

*용혜원 '낯선 사람이 하도 많은 세상에' 인용.

"선수는 싸운다"

록키 발보아(Rocky Balboa, 2006)

"선수는 싸운다."

선수인 록키는 싸웠고,
그 싸움으로 인해

인기 없는 챔피언은
진정한 경기가 무엇인지 알았으며

어머니와 아들은 희망을 얻었다.

은퇴당한 친구는
노년의 상실감 대신 기쁨을 누렸고

아들은 아버지를 찾았으며
록키는 억눌린 야수에서 해방되어 편안해졌다.

30세부터 시작된 록키의 인생은
60세의 마지막 경기로 대미를 장식했다.

축하합니다, 스텔론.
아니 록키 발보아.

"그들을 지지한 나의 삶, 후회하지 않는다"

타인의 삶(The Lives Of Others, 2006)

드라이한 듯, 하지만 선한 소년의 눈망울을 한 비즐러의 삶에 가슴
이 아팠다.

물론 비즐러는 기꺼이 삶에 대한 그들의 열정, 사랑, 세상에 대한
의지를 지지한 것을 후회하지 않겠지만 말이다.

그들을 지지한 덕분에 존경받는 비밀탐정과 교수에서 처량한 우체
국 직원으로 전락했지만, 비즐러는 건조한 명망보다는 타인인 그들을
통해 접한 인간다움과 진실한 삶을 통해 구원받았다고 여기는 듯하
다.

그렇지만 타인의 삶에 그토록 선하게 반응한 비즐러의 삶과 선택이 내겐 왜 그리 아프게 다가오는지.

서독과 동독은 통일이 됐지만, 비즐러는 비밀경찰과 교수 시절에서와 마찬가지로 별다른 내색 없이 기복 없는 시간들을 수행한다.

하지만 분단 독일의 통일도, 나중에야 자신들을 향한 비즐러의 애틋한 지지를 알게 된 드라이만의 작품도, 아무도 알아주는 이 없어도 한결같은 비즐러에게서 느끼는 나의 왠지 모를 서글픔을 보상해 주지 못했다.

볕은 언제나 그 자리에

밀양(Secret Sunshine, 2007)

이 영화의 주인공은 볕, 그러니까 우리가 알아차리든 그렇지 않든 언제나 이 세상 속에 존재하는 그 볕(secret sunshine)이었다.

영화의 화자는 자신의 불행과 고통을 직면하기보다는 여전히 자신은 행복하다고 잘 살아낼 수 있다고 오기를 부리며 굳이 자신을 배신한 남편의 고향인 밀양에 내려오고, 아들의 죽음을 받아들이지 못해 종교를 움켜쥐면서 삶을 끝까지 '연기'하려는 신애가 아니라 그러한 상황 속에서 한결같이 신애에게 내리쬐고 있는 볕이었다.

신애가 불행한 자신의 삶을 인정하지 않으려 하면 할수록 그래서 행복할 수 있다고 믿는 또 다른 이유들을 계속해서 붙잡으려 하면 할수록 신애의 불행은 더욱 깊어진다.

자신의 삶을 끝까지 포장하려고 하는 신애의 시도들을 통해, 자신은 꼭 행복해야 한다고 몸부림치는 그 모습을 통해 도리어 그녀가 얼마나 불행한가가 명백하게 전달된다.

이같이 삶을 있는 그대로 받아들이기 보다는 굳은 의지로 '연기'하려는 신애는 자신의 삶은 물론 현실의 타인들과 겉돈다.

하지만 그녀가 삶을 연기하는 그 순간에도 볕은 그녀를 비춘다. 아들의 시신을 확인하기 직전의 그 막막하고 아득한 순간에도 볕은 그녀의 얼굴에 정면으로 내리 꽂힌다.

아들의 사망신고를 혼자 하러 간 동사무소에서 결국 정신을 놓고 황망히 주저앉은 그 자리에서도 볕은 은은히 그녀와 그곳을 내리쬐고 있다.

영화 속 내내 그 볕은 너무나 실재해서 차마 비밀(secret)일 수 없었다. 신애가 알든 모르던 간에.

그리고 그 볕은 이 우주가 사라지지 않은 한 누구에게든, 어디에서든 언제든지 존재하고 있다는 것. 또한 그 볕이 우리의 삶을 끝까지 비추고 있다는 그 사실만으로 살아가는 이유가 된다는 것을 영화는 보여준다.

영화 밀양에서 볕은 자신의 존재를 뚜렷하게 드러내며 준엄하게 얘기하는 듯하다.

"네가 삶을 받아들이던 부인하던
 통제할 수 있다고 믿던
 그렇지 않다고 놓아버리던 간에 그것은 중요하지 않다"고.

"규명이 되던 되지 않던 간에
 네가 사는 삶 자체에 삶의 이유가 있는 것"이라고 말이다.

밀양은 삶의 이유와 함께 사랑의 의미 또한 들려준다.

우리는 인간관계에 특히 남녀 간의 사랑에 많은 기대와 환상을 갖고 있다. '사랑'이라면 나를 완벽히 이해받을 수 있을 것이라고, 내 삶의 행복과 고통과 절망과 불행을 나눌 수 있는 것이 바로 사랑이라고. 하지만 '밀양'은 그 같은 기대는 그저 부질없는 착각일 뿐임을 보여준다.

신애를 짝사랑하는 순박한 밀양 총각 종찬은 처음부터 끝까지 신애의 고통을 결코 만분의 일도 공유할 수 없었다. 그러나 한결같이 신애의 곁을 지키는 종찬의 존재는 분명 사랑이라는 것.

비록 내 고통을, 불행을 알아줄 수 없는 당신이라도 '남에 불과하다'고 함부로 전락시킬 수 없는, 진실한 사랑이라는 것. 그리고 그 사랑이 삶을 지탱해주는 아주 중요하고 가치로운 이유가 된다는 것도 알았다.

결국 삶은 혼자 살아내는 것이다.

하지만 혼자 감당해야 하는 삶이 외롭지만은 않은 것은, 불행하다고 쉽게 버릴 수 없는 이유는 볕과 사랑이 세상에 존재하기 때문이라고 진중하고 힘 있는 울림을 통해 영화 밀양은 우리에게 말한다.

Things that I already knew

베로니카의 이중생활
(The Double Life of Veronique, 1991)

"말로 설명하기는 힘든데,
내가 꼭 해야 되는 일들은 항상 느낌으로 알았어요."

내용을 이해하지 못해도 괜찮았다.
어차피 느낌에 끌려서 본 영화니까.
그리고 그 느낌만으로 충분했다.

새벽에 마주한 신의 메시지

미스트(The Mist, 2007)

연초 어느 날, 중요한 숙제로부터 비로소 자유롭게 된 바로 다음날이었다. 나는 말할 수 없는 후련함과 안정감을 맛보며 무언가 특별하고 본격적인 일들이 일어날 것이라는 확신 같은 기대감을 갖고 도서관에서 공부를 하고 있었다.

그러던 중 마침 친구에게서 전화가 왔다. 근처에서 볼일을 보고 영화를 관람한 뒤 우리 집에서 신세를 져도 되겠냐는 제안이었다. 나는 마치 즐거운 선물을 받아들 듯 기꺼이 그 제안을 수락했다.

시내에서 간단한 쇼핑을 하고 맛있고 배부르게 식사를 한 뒤 동네

극장인 신촌 아트레온에 당도한 시각은 어느덧 밤 11시. 평일이라 그런지 벌써 영업이 종료됐었다.

문을 닫은 것을 확인하자, 날도 춥고 볼일도 웬만큼 다 봤으니 이제는 따뜻한 집에 가서 구입한 옷과 액세서리들을 코디해 보고 화장법도 배우면서 때 되면 자는, 그런 오붓한 시간을 보내고 싶었다.

하지만 작품 하나를 끝내고 난 뒤 묵직한 부담감과 심란함에 겨워하고 있던 친구는 어떻게든 집중하고 싶은 대상이 필요하다며 근처 다른 상영관에서 우리가 겨냥했던 미스트가 심야상영하고 있다는 정보를 기어이 알아냈다.

많은 이들이 격찬을 아끼지 않았던 이 문제작을 나도 보고 싶지 않은 것은 아니었지만 자정을 바라보고 있는 시간에, 그것도 이 추운 날씨에 문 닫힌 상영관을 확인하고도 또 다른 상영관을 찾아내면서까지 일부러 가서 보고 싶지는 않았다.

무엇보다 방황을 컨트롤하지 못하고 영화든 만화든 하나를 잡고 치닫듯이 내달리는 친구의 모습 때문에 더 내키지가 않았다.

친구 집에서 외박할 때의 자유로움과 유쾌함을 가득 안고 새벽에 공포 영화를 봐도 시원찮을 판에 안 그래도 묵직하고 우울한 동반자와 함께 방황하는 청소년과 같은 동기로 심야에 공포영화를 보러가야 한다는 사실이 정말 내키지 않았다.

영화가 끝나면 2시, 집에 오면 3시. 그 장면을 상상하니 정말 칙칙함 그 자체였다. 힘들고 무거워도 얼마든지 재밌고 즐겁게 보낼수 있으련만 이런 식으로 자신을 어둡게 몰아가는 듯한 친구에게 동조를 해야 할지 전에 없이 망설여졌다.

결국 영화관을 향해 어쨌든 내키지 않는 걸음을 하며 이런 내 기분과 마음을 내뱉듯이 얘기했고 그럼 자기 혼자라도 보고 집으로 갈까하는 친구와 이러쿵 저러쿵 우정 안에서 주거니 받거니 하다가 '그래, 받아들이기 나름이다. 이왕 가는 거 얻을게 있을 것이라고 기대하자.'라고 마음을 고쳐먹었다.

오후 11시 50분에 시작한다는 미스트 표를 끊고 십 분전에 상영관에 입장, 관객이 우리 둘 밖에 없다는 사실을 확인했다. 다시 급격한 공포가 밀려왔다.

호러 코미디라는 장르가 있다면 바로 이런 것일까. 자정에 음침한 공포 영화를 텅 빈 상영관에서 단 둘이 봐야 하는 상황이었다. 게다가 자석은 맨 위. 아래로 텅 빈 자석들, 눈앞에는 커다란 스크린. 옆에 친구. 영화가 호러이기 이전에 벌써 이 상황이 왠지 불길하고 긴장됐다.

"설마 우리 둘 밖에 안 보는 건 아니겠지? 넌 안 무섭냐?"
"아니 난 안 무서운데?"

무섭지 않다는 친구가 이상하게 보였다. 이제 친구마저 경계되기 시작. 여기에 수상쩍은 아저씨 하나 들어오면 상황 종료다 싶었다.

다행히 예고편을 보는 동안 10명 정도의 관객이 추가로 들어와서 두려움에 잔뜩 긴장한 마음을 편안하게 쓸어내릴 수 있었다. 어찌나 고맙고 반갑던지.

드디어 영화가 시작됐다. 미리 찾아 본 리뷰를 통해 대강의 분위기나 내용 등은 알고 갔는데 다른 사람들의 감상을 통해 느꼈던 것보단 덜 잔인했고 사람들 간의 갈등도 무난했다.

짙디짙은 안개 속에 있는 정체모를 괴물과 마트에 갇힌 사람들이 동시에 뿜어내는 외내부의 공포. 그 양쪽의 공포 속에서 사람들이 하나둘씩 광적인 종교적 선동에 이끌린다. 그리고 그 가운데서도 끝까지 인간적인 합리성을 잃지 않은 소수의 무리는 결국 탈출을 도모한다.

　평소에 사람들에게 존중받지 못했던 자신의 남다른 신앙심을 극한의 상황에서 이때다 하고 펼쳐놓는, '하나님과 직방으로 통하는 듯이 구는' 여자. 그리고 끔찍한 공포를 감당하지 못해 그 여자가 내세우는 비정상적인 종교적 프로파간다에 마취되기를 선택한 무리들.

　그들이 탈출을 감행하려는 무리의 탈출을 막는다. 그 과정에서 탈출하려는 무리 안에 있는 멀쩡한 남자 아이와 다른 사람들을 제물로 희생하려 할 때 사람들을 선동하던 그 여자가 처리되는 방식이 굉장히 인상적이었다.

　모르긴 해도 마트에 갇힌 후로 내내 종말론을 들고 나와 밑도 끝도 없이 공포를 조장하며 사람들을 조종하고 상황을 위험천만하게 몰아가는 여자를 보며 관객들은 저 여자가 어떻게 최후를 맞이하나 벼르듯이 두고 보는 심정이었을 것이다.

　그리고 그 최후는 아마도 앞서 죽은 사람들과 같이 괴물들에게 끔찍하게 잡아먹히는 식이 될 것이라고 예상했을 것이다. 그 여자가 무고한 희생자들을 죄인 취급하며 신이 요구한 피의 제물로 호도한 방식 그대로 그 여자가 죽는 것이 생각할 수 있는 가장 통쾌한 최후일 것이라고 말이다.

하지만 그 여자의 막가는 선동이 절정에 이르자 탈출을 시도하려는 무리 중 한 사람이 쏜 두세 발의 총알로 그 여자는 죽었다. 단순하고 명쾌한 방법이었다. 인위적으로 조장된 초현실이 명징한 현실적 판단 앞에 순식간에 정리되는 순간이었다.

끝까지 제정신을 놓지 않은 소수의 의인들 -두려움에 사로잡혀 동물과 다를 바 없이 변해가는 사람들과는 달리 그들은 극한의 상황 속에서도 화상으로 죽어가는 이웃을 살리기 위해 약국행을 감행하고, 다른 사람이 괴물에게 잡아먹히고 있는 중에도 끝까지 희생자를 포기하지 않는다- 은 그렇게 그 곳을 빠져나와 막막한 안개 속으로 내달린다. 어떻게 될지는 모르지만 그냥 이렇게 앉아서 당하는 것보다는 나을 것이라는 생각으로.

그리고 얼마 못 가 연료가 바닥나 차는 멈춘다. 어디인지도 모를 자욱한 안개 한 가운데에서. 그야말로 사방이 한치 앞도 볼 수 없이 짙은 안개로 가려져 있는데다 바로 앞에 어떤 크기의 얼마만큼의 괴물들이 있는지도 짐작조차 할 수 없는 현실. 막다른 골목 앞에서 그들은 결국 인간답게 죽기 위해 인위적인 최후를 선택한다.

다른 사람들을 위해 혼자 살아남게 된 주인공은 절망하며 차문을 열고 보이지 않는 괴물들에게 달려든다. 그러자 서서히 걷히는 안개와 함께 충격적인 진실이 드러난다. 괴물의 그것과 흡사한 육중한 움직임과 소리는 바로 방금 전까지 괴물로 인해 폐해가 된 도로를 정비하면서 전진하는 탱크와 군인들이었던 것이다.

그 충격적인 사실을 마주하면서 기꺼이 희생을 감행하고 감내했던 주인공은 무슨 생각을 했을까. 자신들이 너무 쉽게 희망을 포기했다는 것을, 끝까지 희망을 지키지 못했다는 것을 처절하게 깨달았을까.

앉아서 죽기보단 위험을 감수하고서라도 길을 찾아 나섰던 자신의 노력이 허무하게 무위로 돌아갔음을 확인하는 순간 주인공은 최선을 다하지 못했다는 안타까움에 사무친 것을 아니었을까.

최선의 선택이라고 생각했던 것이 결과적으로는 극단적인 선택밖에 되지 못했다는 사실 앞에서 가슴을 치고 또 쳤을 주인공의 절망과 허무함을 어떻게 표현할 수 있을까.

주인공이 마주한 것은 일 분 일 초라는 짧은 시간이라도 이미 돌이킬 수 없게 되어버린 끔찍한 현실이었다. 조금만 더 견뎠으면 용감하게 탈출을 감행한 멤버들과 함께 다시 찾은 세상과 감격스럽게 조우할 수 있었을 텐데. 왜, 왜.

절규하는 주인공 곁을 천천히 무심히 지나가는 군인들과 탱크, 생존한 사람들을 태운 차량들과 함께 성가 같은 엔딩곡이 울려 퍼진다.

마치 인간의 오만함을 꾸짖는 신의 메시지 같다.

영화의 완벽한 반전을 마주하자 비로소 모호하던 영화의 기승전결이 비로소 이해가 되는 것 같았다.

종교적 선동에 의해 갈리기는 했지만, 극한의 공포 속에서도 비교적 사람들 간의 갈등이 극단적으로 치닫지는 않았다는 것, 원작에서는 간단하게 언급하고 넘어갔다던 안개와 괴물의 원인을 다른 차원의 세계를 침범한 과학자들의 '화살촉 프로젝트' 때문이라고 설명했던 것 등이 감독의 어떤 주제의식과 맞닿아 있는 것 같았다.

그 주제의식이란 '인간됨'에 대한 인간의 자신감이 실상 얼마나 미약한 것인지, 그러한 자신감에 기댄 인간의 오만함과 경거망동을 엄중하게 바라보는 신의 눈길이었다.

마지막에 이르러서야 자신이 처한 상황을 파국으로 바라보는 인간의 이해조차도 엉터리임을, 나아가 세상의 파국을 결정하는 것조차도 인간의 몫이 아닌 신의 것이라는 장중한 메시지가 드러난다.

영화를 보기 전까지 겪었던 좌충우돌은 온데간데없고 영화가 끝나고서도 우리는 한동안 압도 된 채 자리를 뜨지 못했다.

호기심을 충족하고 스트레스를 풀기 위해 본 영화가 실은 너무나 심오했고, 잘 봤다는 감동을 넘어 종교적 감화를 안겨주었다.

상영관을 나서면서 나는 숙연해진다고, 친구는 성당에 가고 싶다고 고백한 것은 결코 우연이 아니었으리라. 우리의 얼굴 역시 어떤 감동으로 기분 좋게 빛나고 있었다.

영화의 마지막, 주인공의 혼돈과 다시 돌아 온 평화와의 적나라한 공존을 통해 전해지는 신의 존재는 말할 수 없이 장엄했다.

"난 하나뿐인 쿵푸 팬더니까"

쿵푸 팬더(Kung Fu Panda, 2008)

역시 유쾌하고 재밌었다.

나뿐만 아니라 극장의 관객들 모두가 팬더의 능청스럽고 코믹한 표정과 신체상의 무거움, 어설픈 동작이 나올라치면 그저 예뻐라하는 그런 훈훈한 분위기였다.

영화를 보는 내내 누구에게나 유쾌하게 어필할 수 있을 듯한 저 거대하고 원만한 덩치는 중국의 자부심을 드러내는 중요한 코드라는 생각이 들었다.

아울러 이 영화를 통해 중국의 아이콘으로서 팬더의 존재감이 많은 사람들에게 확실하게 전달되겠구나 싶었다. 컴퓨터그래픽으로 표현된 강하고 신비로운 중국 무림의 이미지는 중국의 문화적 아우라를 잘 나타낸 것 같았다.

영화에는 의미 있는 대사들이 많이 나왔는데 처음엔 보면서 메모를 할까 하다가 그냥 마음에 새기기로 했다.

단순하고도 기분 좋은 여운을 주는 쿵푸 팬더의 활약 덕분에 힘을 얻어 한 주를 편안하게 정리하고 마무리한 것 같다.

"세상에 우연이란 없어."

"중요한 건 나 자신(믿음)이야."

"(만두를 사양하며) 나 이제 배 안 고파요."

"사부님이 가르쳐 준 게 아니라 내가 알아낸 거야."

"현재는 지금의 순간이 주는 선물(present)이지."

엄청난 사랑의 힘

펀치 드렁크 러브(Punch-Drunk Love, 2002)

주말의 명화로 티브이에서 펀치 드렁크 러브를 방영해 준다.

몇 년 전에 찾아 본 영화라 그냥 틀어놓고만 있지만 그래도 마냥 좋다.

너무 강해서 '정신을 차릴 수 없는' 사랑이 얼마나 큰 용기와 힘을 주는지, 남들이 보기엔 이상하고 소통에 다소 어려움을 겪는 듯한 또라이 같은 남자가 어떻게 세상과 화해하는지 들려준다.

"내가 지금 얼마나 센지 넌 모를 거다.

난 사랑에 빠졌거든.

사랑으로 얼마나 강해질 수 있는지 넌 모를 거다."

깊고도 깊은 사랑

더 리더(The Reader, 2008)

영화를 보면서 독일 나치 역사를 깊이 자문하고 되새기게 하는 소설적 맥락이 영화에서도 역시 골자가 되고 있다는 것을 알 수 있었다. 그럼에도 불구하고 내겐 사랑하는 남녀로서 그들의 관계가 가장 두드러졌더랬다.

꼬마와 여인이 만날 때마다 나누었던, '책을 읽어주고, 듣는' 그들만의 의식이 수 십 년 만에 다시 재현될 때, 나는 그 순간이야말로 이 영화의 하이라이트라고 생각했다.

'책을 읽어주고', '읽어주는 책을 듣는 것'은 바로 그들이 나누었던 사랑이었고, 그 사랑의 의식이 재개되자 관계의 단절 이후 상실감과 공허감으로 살아왔던 그들의 삶이 다시금 생기를 띠는 것을 커다란 스크린을 통해 눈으로 똑똑히 확인할 수 있었다.

평범한 일상과 삶이 얼마나 소중하고 큰 축복인가를 언제부턴가 절감하면서도, 나에겐 나를 기꺼이 남김없이 던질 수 있는 무언가를 경험하고픈 욕구가 있었다.

영화를 보면서 오랜만에 그런 관계, 그런 감성과 조응할 수 있어서 좋았고, 그래서 여운도 많이 남았던 것 같다.

홀로코스트에 대한 독일 전후 세대의 자기 성찰적 문제제기가 어정쩡하게 표현된 것이, 씻을 수 없는 역사적 진실에 대한 평가를 어떻게 다시금 재고해야하는지가 영화에서 덜 드러났다는 것이 이 영화를 평가하는 절대 기준이 되는 것은 아니다.

그들의 관계가 역사적 물음에 대한 메타포로서의 역할을 구현해내지 못하고 그렇고 그런 남녀관계에만 머물렀다고 단순히 얘기할 수 없다. 그러한 맥락에서 자유로이, 인생을 뒤흔드는 관계의 존재감과 무게가 더 크게 와 닿았다면 그것만으로도 충분히 이 영화의 가치를 찾을 수 있다고 생각한다.

그런 의미에서 소설적 재현과 재구성을 놓고 시큰둥한 평론가들 사이에서 "인생의 목적은 바로 이런 깊은 사랑"이라며 가차 없이 별 다섯 개를 준 유지나의 평이 참 기쁘고 반갑기만 했다.

"나는 두렵지 않습니다.
그 어떤 것도 두렵지 않습니다.
고통이 커질수록 내 사랑도 깊어갑니다.

위험만이 내 사랑을 키우며
내 사랑을 깨어있게 하고
더욱 향기롭게 만들 것입니다.

나는 당신의 소중한 천사가 될 것입니다.
당신은 이전보다 더 아름다운 삶을 살 것이며
생을 마감하는 날 당신은 이렇게 말할 것입니다.

그대의 영혼을 완벽하게 만드는 것은
바로 사랑입니다."

-영화 더 리더 中 소년 마이클의 대사-

"날아올라. 새 친구들과 함께"

업(Up, 2009)

　· 자신을 '마스터'라고 부르며 귀찮게 따라다니는 어리숙하고 착한 강아지 더그와 쉴 새 없이 떠들며 성가신 일만 만드는, 마음이 따뜻하지만 외로운 꼬마 러셀.

　영감은 먼저 세상을 뜬 아내와의 마지막 교감에 그저 방해만 되었던 이 존재들이 새로운 모험을 함께 할 소중한 친구들이었다는 것을 알게 된다.

　· 아내와의 못 다한 꿈을 위해 수 만 개의 풍선을 매달아 날아올랐던 그 마지막 여정에서 칼은 새로운 시간을 발견한다.

· 추억은 소중하지만, 동시에 이제는 필요 없는 과거를 버려야 다시 날아오를 수(UP) 있다.

"고마웠어요. 이제 (당신만의) 새로운 모험을 시작해요."

"네가 꿈꾸는 곳으로 가"

디스 이즈 잇(Michael Jackson's This Is It, 2009)

심야로 마이클 잭슨의 '디스 이즈 잇'을 관람했다.

팝의 황제가 주는 마지막 선물은 정말이지 너무나 숭고했다.

그만이 줄 수 있는 비트와 그루브에 화답하면서, 그가 부르는 *I'll be there*에 눈물을 흘리면서 리허설 내내 스텝들과 미래의 관중들을 with love로 대하는 그의 사려 깊음을 접하면서 영혼이 편안했다.

그 과정에서 팝의 황제가 내게 속삭였다.

"내가 꿈꾸고 원하는 곳으로 가.
 그곳을 떠나 새로운 곳으로.
 이게 바로 그거야.
 디스 이즈 잇."

고달프고 고민으로 가득 찼던 마음이 정화되는 것 같았다.

다음 상황이 정해지지 않아 여전히 혼란스럽지만
그래, 가자.

디스 이즈 잇.

〈산문〉

인생은

다 그렇기도 하지만

아니기도 했던

그때 이야기

인생은 다 그런 거지

인생은 다 그런 거지라는 평범한 말 속에 진리가 있다. 바로 획일화와 동일성의 원리라는 체제의 진리가.

인생은 다 그렇다는 명제는 결코 비범한 삶의 지혜가 아니다. 정말로 인생을 치열하게 살아낸 사람은 결코 삶의 진리를 말할 때 인생이란 다 그런 거지라고 단순한 척 하지 않는다.

자신의 삶을 직접적으로 직면하고 관통해온 사람은 안다. 삶이 그렇게 단순하지 않다라는 것을. 삶이 내 손에서 쥐락펴락 만만하게 움켜졌다 펴졌다 하는 것이 아님을.

삶이 주는 기쁨과 고통과 한계와 가능성과 두려움과 불안과 편안함 따위의 삶의 디테일에 정직한 사람들은 함부로 삶의 디테일을 동일화된 가치로 환원시킬 수 없다는 것을 안다.

삶이 주는 기쁨뿐만 아니라 고통까지도 받아들일 용기가 있는 자만이 라이브한 삶 자체를 누린다.

오직 삶의 구체와 실재에 관심이 없는 자만이, 말하자면 삶의 디테일과 실재에 대해 직면하기가 두려운 자만이, 불확실하고 정형화시키기에는 너무나 복잡한 삶 본연의 실체가 불편한 자만이 삶을 추상화된 획일적이고 동질화된 가치로 환원시킨다.

삶은 기쁨 따로 고통 따로로 분리되지 않기에 그들은 삶의 고통이 두려워 삶의 기쁨마저 제거하는 실존적 장애를 자초한다. 따라서 그들은 딱딱하고 근엄하다. 그들은 자신의 유기적인 삶이 아니라 머리에서만 생존한다.

추상화된 가치로 삶의 디테일을 뛰어넘은 그들은 교만한 자들이다. 삶의 신비 앞에 경외할 줄 모르고 비동일적이고 모순 그 자체에서 나오는 삶의 진정한 가치를 함부로 객관화된 추상적인 가치로 짜맞

추고자 하기 때문이다.

그들은 삶이 그렇게 단순하지 않고 내 손에서 쥐락펴락 만만하게 움켜졌다 펴졌다 하는 것이 아니라는 바로 그 사실 때문에 더욱더 불안정한 삶을 철저하게 지배하려 든다.

그들은 신의 이름으로, 윤리와 도덕의 이름으로 자신의 삶을 인위적으로 지배하고자 하는 무소불위의 지배자들이다.

있는 그대로의 삶을 직접 대면할 용기를 내는 대신 끊임없는 자신만의 가치로 자신의 삶을 움켜짐으로서 삶에 대한 공포와 두려움을 해결하고자 하는 전지전능한 하나님이다.

과잉은 바로 결핍이다. 아도르노가 말한 바와 같이 이러한 과잉지배의 계기는 자신의 결핍과 불안에 기인한다. 지배하지 않으면 생존할 수 없다는 존재의 불안이 바로 지배의 동력이다.

결핍과 자기불안에서 나오는 추상적인 자기방어는 바로 타인에 대한 지배와 강압과 짝패이다.

따라서 자기불안을 잠식하기 위해 취한 추상화된 가치는 결코 자기 안에서만 머무르지 않고 외부에 대한 지배의 계기를 드러낸다.

그저 자신의 삶에 대해서만 그리하면 될 텐데, 그저 자기만족으로 그치면 문제가 아니 될 터인데 자신의 지배논리를 다른 사람들과 인생과 사회와 세상에 강압한다.

불안과 두려움으로부터 기인한 자기지배는 결코 자기 안에서만 머무르지 않고 타인과 사회를 향한 지배, 곧 파시즘으로 나아간다. 고통 받는 개별에게 '인생은 다 그런 거지'라는 삶의 원리란 것을 무자비하게 들이댄다.

대체 가시에 찔려 피가 나 아파하는 사람한테 '가시에 찔리면 피가 나는 것은 당연한 거야'라는 말이 대체 무슨 소용이란 말인가. 그저 피를 닦아주고 상처를 호호 불어주고 빨리 나으라고 토닥거려 주면 되는 것이다.

'가시에 찔리면 피가 나는 것은 당연한 거야'라는 저 딱딱하고 일관된 어조 속에는 바로 '피가 나는 것은 당연한 것이기 때문에 아파하지도 말고 울지도 말라'는 상처에 대한 몰이해와 무자비가 들어있는 것이다. 피가 나는 현실을 보고 싶지 않은 은폐의 계기가 있는 것이다.

따라서 피가 나는 현실을 제대로 치유하기 보다는 머릿속에서 추상적으로 말끔하게 정리된 자신의 세계를 구축하는데 더욱더 집착한다.

대체 피 흘리며 우는 것이 문제 해결에 무슨 도움이 되느냐라고 원래 그런 인생의 본질을 인정하고 울기의 부질없음을 설파하지만, 그렇게 그쳐지는 울음은 실상 문제의 해결을 방해한다.

아프면 아파하고 울고 싶으면 울어야 현실에서 오는 난관을 딛고 일어설 수 있는 진정한 힘이 생기는 것인데, 나의 신음과 눈물은 나 자신과 타인이 교류할 수 있는 중요한 지표인데 울음 그치기의 종용은 내 아픔과 기쁨에 대한 구체적인 교감과 진정한 힘과 치유를 방해한다.

인생은 원래 그런 것이니 아프지 말고 울지 말라고 한 자. 그들은 아파본 적이 없는 것이 아니라 자신이 아팠을 때 자신이 울고 싶었을 때 누군가가 한 번도 제대로 감싸준 적이 없는 자들이다.

받지 못한 사랑과 위로와 받아야할 온정의 결핍이라는 인정하기 힘든 아프고 고통스러운 현실을 현실이 아닌 가상에서 치유하고자 하는 외롭고 고립된 개별이다.

때문에 울지 않는 말끔한 자. 그런 자신이 어쩌면 그런 작업을 통해서 도달하고자 하는 삶의 이상향은 더욱더 real한 삶과 멀어진다.

추상화된 지배자들은 결코 개별의 목소리에 귀 기울이지 않는다. 개별자에게 일일이 반응하고 헤아리는 것은 사실 노력과 힘이 든다. 그들은 그런 힘과 노력을 기울이는 성의 대신에 동일화된 가치로 효율적으로 개별의 목소리를 관리한다.

이들은 스캇 펙이 말하는 게으른 자이자 결국 추상적인 나르시시즘으로 퇴행하여 타인과 교감불능 상태에 빠진 거짓의 사람들이다.

결코 인생은 원래 다 그렇지 않다. 현재적이고 개별적인 삶의 구체와 경험이란 것은 '인생은 다 그런 거지'라는 명제로 환원될 수 없다.

원래 삶을 모르는 자들이 삶에 가혹한 법이다.

피를 흘리고 우는 자들보다 고통을 싫어하는 이런 거짓의 사람들이 무엇보다 위험한 것이다.

판타지의 힘

작년 논문 작업 기간에 논문 외에 다른 활동을 통해 나의 부정적인 이상주의를 깨뜨려가는 과정을 지나왔다. 그 과정에서 나는 한창 리얼리티, 실재, 욕망에 대해 열렬한 관심을 갖게 되었었다.

그때 논문과 함께 겪은 나의 또 다른 필드에서의 체험이 없었다면 나는 아마 내 논문의 주 사상가 중 하나인 아도르노를 제대로 이해하기 힘들었을 것이다.

그 당시 논문과 다른 활동을 병행하면서 나는 이론을 다루는 과정과 현장에서의 경험이라는 서로 다른 차원의 이원적인 액티비티가 절묘하게 연결되는 행운을 맛볼 수 있었다.

리얼리티에 대한 결핍과 불만족을 관념으로 해소하는 답답한 방어기제를 깨뜨리는 과정에서 나는 마침 내가 분석하고 있는 이론가 아도르노가 바로 그러한 부분과 맞닿아 있다는 것을 알았다.

처음엔 단순히 문화산업에 대한 이론적 논의를 처음으로 했다는 그 사실 때문에 끌렸던 아도르노가 자신의 문화산업 논의를 통해 진정으로 하고자 했던 말은 추상성을 채택함으로써 총체적 현혹연관의 모습을 띤 체계를 비판하고 체계 속에 있는 지배적 계기를 분쇄하고자 했다는 것을 알았다.

또한 아도르노가 강조한 바대로 체계의 지배를 분쇄하고자 하는 전략은 철저히 개별의 경험을 중심으로 하는 개별화 원칙을 통해서 이루어져야 한다는 것 역시 나는 진정으로 가슴 깊이 이해할 수 있었다.

아니, 실은 너무나 감동한 나머지 아도르노에 대한 경외심과 애정으로 가슴이 벅차올랐었다.

관념적이고 난해한 그렇지만 안일한 지적 유희의 대명사로서 사람들에게 인식되던 아도르노는 -아마도 그의 문화산업 논의에 대한 일면적인 해석으로 인한 곡해와 사회이론임에도 불구하고 그의 이론의 '미학적' 면모 때문인 듯하다- 실제로 누구보다 역사적 '리얼리티'에 깨어있는 사상가였고, 시대의 불행이 바로 그 리얼리티와의 살아있는 교감을 계몽의 기획에 따라 추상적인 현혹을 통해 차단함으로써 생겨난다는 것을 누구보다도 잘 알고 있었던 탁월한 개인이었다.

하지만 이론가 아도르노에 대한 나의 진정한 발견과 감동은 엄연히 나의 경험의 힘이었다.

당시 현장에서의 경험, 즉 나의 살아있는 리얼리티와 라이브한 실재가 아니었다면 아무리 지적 열정과 노력을 기울였다 할지라도 그러한 벅찬 이론적 감동을 경험할 수 없었을 것이다.

추상의 모습을 띤 지배의 계기를 철저히 경험을 통해 분쇄하고 리얼리티를 자각하라고 강조하는 아도르노의 위대한 사상은 역설적이게도 이론의 형태로 담겨져 있었고, 운 좋게도 나는 그 소중한 메시지를 나의 리얼리티를 되찾아가는 과정, 즉 그동안의 리얼리티의 결핍과 과도한 판타지라는 자신의 문제를 해결하는 경험을 통해 이론으로서가 아닌 진정한 내 것으로 만들 수 있었다.

그러나 요사이 나는 다시 판타지의 필요를 인정하고 싶다.

건강하다, 그렇지 않다의 기준이 상대적인 '정도'의 차이라면 판타지에 잠식되어 현실과의 교감 불능의 상태로까지 중독되지만 않는다면야 적당한 판타지는 정직한 리얼리티만큼이나 필요하다는 것을 인정하고 있다.

세상은 그야말로 리-얼한 리얼리티만으로는 살 수 없다. 아마 사람들에게 리얼리티밖에 인식할 수 없게끔 한다면 이 세상은 건조하다 못해 아마 온갖 역기능과 폐해가 속출하여 병적인 몽상가들과 마찬가지로 그 또한 사회가 유지되기 힘들지도 모른다.

오늘 들은 문화 기획 강좌에서도 좋은 문화 공연이란 작품을 통해 사람들로 하여금 건강한 일탈을 유도하고 작품이 끝나고서 다시금 그 사람들을 평범한 일상으로 되돌려 보내는 것이라고 했다. 그 말대로 적당한 판타지는 지금의 현실을 건강하게 버틸 수 있게 하는, 그리고 좀 더 그럴듯한 자신을 위한 에너지를 만들어내는 힘이 있다.

기획과정에서 그것은 말 그대로 판타지 마케팅이며, 나는 그 판타지 마케팅의 필요성에 대해 공감했다.

그것이 비록 아도르노가 깨어있기를 원했던 바대로 작품과의 미메시스적 체험을 통해 판타지가 아닌 진정한 리얼리티를 '비판적'으로 인식하는 것은 딱히 아니라 할지라도.

비록 그것이 문화산업 시스템 하에서 만들어지는 엄연히 문화 '상품'일지라도 그것과의 교감을 통해 그 순간의 만족과 나름대로의 의의를 건졌다면 그것으로도 충분히 좋은 것일 수 있을 것이다. 그러한 판타지적 순간이 이 현재의 리얼리티에 더 충실하게끔 해 준다면.

문득 아도르노와 함께 내 논문의 주인공이었던 짐멜이 떠오른다. 예술이 산업화의 길로 들어서면서 예술의 산업적 측면에 대한 그 둘의 판이한 태도를 접하면서 나는 짐멜 보다는 아도르노의 편을 더 들어주었다. 왜냐하면 짐멜과 같은 거리두기 전략은 지금 세태에서는 짐멜 당시와 같이 개인의 보존을 위한 현명한 전략이기보다는 짐멜 자신도 우려한 바대로 이미 병폐에 가까운 현상으로 변질되었다고 생각했기 때문이었다.

하지만 나는 짐멜이 자신의 거리두기 전략이 가능하다고 낙관적으로 믿었던 근거, 바로 개인이 거리두기를 통해 추상화에 잠식되지 않고 충분히 유기적이고 통합적인 개인의 완성을 도모할 수 있을 것이라는 짐멜의 개인에 대한 자신감, 개인의 힘에 대한 믿음에 동의

한다.

정확히 말하면 생산적인 거리두기를 가능케 하는 것은 건강한 개인이라는 짐멜의 생각에 동조한다.

결국 판타지의 긍정적인 힘 역시 건강한 개인을 통해서만이 올바르게 작동할 수 있다고 믿기 때문이다.

City

도시의 멘탈리티는 바로
쓸쓸함이다.

도시 특유의 쓸쓸함이 있기에
한낮 도심의 활기도
도심의 야경이 만들어내는 화려함도
비로소 도시만의 포스로 승화될 수 있는 것이다.

그리고
도시의 그 쓸쓸함이 주는 활기와 자극이,

그 멋이
내가 도시를 사랑하는 이유이다.

막연히 꿈만 같을 것 같은 전원에 대한 동경으로
그 가상의 잣대로
함부로 살아있는 도시를 모독하지 말라.

도시는 비정하기만 하고,
시끄럽고 더럽기 짝이 없다고 함부로 욕하지 말라.

쓸쓸함을 우두커니 품고 있는 도시,
아픈 사연들을 그 커다란 덩치 안에 감춘 채
쉬지 않고 씩씩하게 기분 좋은 분주함과
살아있는 활기를 발산하는 도시.

나에게 그러한 도시는 한없이 인간적이다.

도시는
끊임없이 복잡하고,
쉴 새 없이 움직이면서도
사람들의 즐거운 눈짓과 경쾌한 웃음소리

그 뒤에 감춰진
삶의 비애와 고달픔, 깊은 외로움과 허전함을
비밀스레 감싸 안는다.

도시는
쓸쓸하기 때문에
사람들에게 따뜻한 위로를 건넬 수 있는 것이다.

때문에 내게 복잡하고 아슬아슬한 도시는
새들이 지저귀고 꽃들이 피어나는
단정하고 아리따운 전원보다 매혹적이다.

복잡함과 아슬아슬함 속에 감춰진
도시의 인간적인 면모가 나는 좋다.

쓸쓸함과 라이브한 자극이 공존하는
도시를 나는 사랑한다.

이것이 내가 정원 속 오브제가 아닌
바로 Citykid가 될 수밖에 없는 이유이다.

false ambiguity

나는 강하고 외향적인 성격이 아니지만 미적거리거나 애매한 것을 생각보다 못견뎌하며 소극적인 그 특성을 참 싫어한다.

분명한 것보단 확실하지 않은 것이 더 많다는 것을 알고 있고, 재빠른 것보다 여유로움이 나는 더 좋지만, 내가 언급한 특성은 커뮤니케이션 상에서 자신을 정면으로 보여주지는 않으면서 다른 사람이 내가 어떤지 먼저 알아서 이해해줍쇼라고만 요구하는 것 같아 참 짜증스럽다.

자기 딴에는 강하지 못한 성격 탓이라 자위하겠지만, 직설적인 방식이 체질이 아닐 뿐만 아니라, 너무 일방적이라고 속으로 억울해할지도 모르겠지만, '저 사람들은 싸가지 없는 강성이야'라고 괜히 미워할지도 모르겠지만.

하지만 그런 꼬이고 꼬인 표현이 얼마나 바보 같은 착각과 상대방으로 하여금 악의적인 소모를 조장하는지 당사자들은 알까?

거리낌 없이 할 말 다하고 표현하는 사람들이 너무 적나라하고 불친절하다고 여길지도 모르겠지만 자신의 얘기를 정확히 하지도 않으면서 마냥 속내를 알아주기만 바라는

자신의 식대로 남을 부리기를 바라는 경우 없는 발상을 가진, 정작 불친절한 사람은 누구인지 가슴에 손을 얹고 판단해보라.

다분히 자신의 결점이자 약점인 것을 착하고 순한 자신을 다그치는 상대방의 공격으로만 받아들여서 은밀한 적개심이나 키우고.

어떤 것에 대한 양면적인 이해ambivalence와 대책 없는 애매함을 구별하지 않은 채 무조건 자신만의 감상적인 입장만 들이대는 철부지일 뿐이다.

순전히 어린애 투정 같은 발상에서 나오는 그런 이중적인 대화방식이 나는 정말 피곤하다.

확실치도 않은데, 결정을 내리기가 쉽지 않은데도 무조건 모 아니면 도로 결정하거나 표현해 버리라는 얘기가 아니다.

내말은 정말로 말하기 힘들거나 잘 모르겠으면, 결정하기가 힘들다거나, 잘 모르겠다고 말하는 것이 분명하고 정확한 의사표현이라는 것이다.

제발 눈치 보면서 괜찮다, 아무래도 좋다고 했으면서 꼬리 내리고 안 보는데서 눈 흘기지 마란 말이다.

왜 당신의 무책임한 모호함 때문에 당신 말을 착실히 접수한 상대방이 곧이곧대로 들었다는 죄로 당신의 은밀한 미움을 받아야 하는가.

왜 골치 아프게 이중삼중 겹겹이 쌓인 당신의 의도를 파악하느라 상대방을 쓸데없이 애쓰게 하는가.

천성적으로 말 못하고 냉가슴 앓는 자신이 억울하다고?

억울한 건 사소하고 습관적인 애매함을 남발하는 당신이 아니라 헤아리기엔 너무 어려운 당신에게 막상 시달리는 그 사람이다.

잘못된 습관은 고쳐야 하는 것이지 이해받아야 하는 것이 아니다.

Are you real?

새로운 사람들과의 만남은 또 다른 세계에 대한 기대와 즐거움을 주지만 한편으론 낯선 이들과 부대끼면서 겪는 갈등과 마찰에서 오는 스트레스도 만만찮다.

나 같은 경우는 만남의 설렘과 심각함 사이에서 언제든지 생길 수 있는 갈등과 부딪힘을 발전을 위한 통과의례로 여기고 긍정적으로 즐기는 편이다. 그래서인지 무엇이든 말끔하게 정리하고 안정되게 만들려고 노력하는 것을 부자연스럽고 억지스럽게 여길 때도 많다.

서로 으르렁거리고 반목할라치면 전전긍긍하고 고민에 빠지기도 하지만, 내가 사람들과 지내며 가장 피곤하다고 느끼는 때는 제각기 다른 사람들을 만나고 그런 천차만별인 사람들과 마찰을 일으킬 때가 아닌 非자연인을 대할 때이다.

원래의 자신대로 살지 못하고 자신을 억압하면서 '이렇게', '저렇게' 맞춰 살아야만 된다고 생각하면서 그렇게 살려고 노력하는 부자연스러운 사람들.

나는 그런 유형의 사람들을 '존재론적 딜레마를 가진 사람들'이라고 표현한다. 그런 존재론적 딜레마를 가진 사람들이 다른 사람들보다 더 피곤한 것은 스스로를 억압한 대가를 다른 사람을 통해 보상받으려고 하기 때문이다.

자신도 그렇지 못했기 때문에 남들도 자신처럼 스스로를 '정돈'하며 살아야 한다고 강요하기 때문이다. 자신이 선택한 것임에도 불구하고.

그렇게 자신을 컨트롤하는데 연연하는 사람들은 당연히 다른 사람들도 있는 그대로 받아들이지 못하고 타인에 대한 기계적이고 획일적인 통제를 시도한다.

실은 자신도 그렇게 살고 싶지 않으면서 '세상을 아직 몰라서 그래'라는 당위로 자신을 옭아매고 다른 이들도 그에 맞춰야 한다고 고집한다.

경험이 주는 유연함과 연륜이라면 성장의 양분이 되어 자기 자신의 확장으로 이어져 다른 사람에 대한 이해와 여유로움으로 승화될 터인데 이들의 발언과 훈계가 왠지 답답하게 여겨지는 것은 실은 성장이 아닌 억압을 선택한, 자신을 잃은 자의 억울함이 녹아있기 때문이다.

확대되지 못하고 퇴행한 자신에 대한 애처로움과 부끄러움을 일관된 교훈으로 달래려는 노력이 힘에 부칠 수밖에 없다.

나랑 달라도 나와 맞지 않는 타입이라도 자신으로 살고 있는 사람과의 갈등이라면 나는 오히려 반갑다. 기대도 되고.

그런 반감과 갈등은 차이에서 오는 일시적인 것일뿐더러 직접적인 것이기 때문에 인정하기도 쉽기 때문이다.

따라서 서로를 외계인처럼 보다가도 때로는 그런 이질적인 면들이 서로의 매력과 장점으로 승화되어 꽤 익숙해지기도 한다.

하지만 존재론적 딜레마를 안고 인위적인 삶을 영위하려고 하는 사람들, 이들과의 갈등은 그 갈등의 본질이 차이에서 오는 낯설음이 아니라 '자신에 대한 부인'이기 때문에 갈등과 부딪힘이 서로를 알아가고 파악하는 직접적이고 명쾌한 싸움이 되지 못하고 히스테릭하게 겉돈다.

이들은 쉽게 통제를 통해 보상받고자 하는 시도를 포기하지 못하며 억눌린 자신에 대한 이들의 분노는 통제되지 않는 타인을 향해 적대적으로 표출된다.

부인과 억압에 뿌리를 내리고 있으면서도 교훈으로 포장된 솔직하지 못한 지적과 요구에 자연스럽게 응하기란 쉽지 않을 것이다.

다분히 사적이면서도 공적으로 작동하는 이중적인 메시지가, 그런 메시지를 설파하는 딜레마적 존재들과의 부딪힘이 피곤한 이유는 겉돌기만 하는 그들의 태도나 요구에 진심으로 반응할 수 없기 때문이다.

like like

세련된 테크니션 보다는
투박하더라도 직설적인 스타일이 좋고

'되어야 한다, 이래야 저래야 한다' 신경 쓰고
셀프 규율로 끝도 없이 스스로를 다지는 것보단
방만하더라도 완전 제멋대로인 것이 좋다.

섬세한 건 좋지만 예민한 건 딱 질색이고

자상한 마음씀씀이는 사랑하지만

사사로운 것 돌아보는 것은 대략 피곤하다.

행여 빈 곳이 드러날까 틈이라도 보일까
대외적으로 조심조심하는 방어적인 사람보다는
실수하더라도 턱하니 자기 얘기를 먼저 할 줄 하는
인간적인 사람이 좋다.

이기적이더라도 자신에게 충실한 당당한 사람이 좋고,
욕 들어 먹어도 있는 그대로 드럽고 모난 성격 드러내는
자유로운 사람이 좋다.

살아있는 감정은 좋지만 얄팍한 감상은 별로고

똑똑한 것은 환영이지만,
영리한 것은 그것과는 전혀 별개다.

애써 밝고 가볍게 구는 것보단
행여 무겁게 흐를지라도 진지한 게 무조건 좋다.

남이 하는 말에 무조건 응응하고
일단 안전하게 입 닫고 보는 '좋은 사람' 보단

툴툴거리더라도 태클 걸고 불평할 줄 아는
'피곤한 스타일' 대략 좋다.

꼴도 보기 싫게 험하게 싸우는 게
벙어리 노릇하며 속마음 안 보여주고
속이는 것 보단 낫다.

다른 사람 반응을 재는 것보단
배려가 부족해도 자기중심적으로 무관심한 것이 더 좋다.

사실 순진하고 어리버리한 게
여우같은 지혜보다 편하다.

분위가 망치더라도 어색함 그대로를 들키는 순수함이
분위기 흩트리지 않으려 노력하는 노련미보다 더 끌린다.

호감스럽게 예쁘게 웃는 버릇하는 것도 나쁘진 않지만
사람들 사이에서 의식치 않고
혼자 가만히 있을 때 모습 그대로 있을 수 있는
편안함이 더 멋지다.

동일화 원리와 현대 종교

내가 쓰고 있는 논문의 두 주연 중 한명인 아도르노는 계몽의 시대에 모든 구체와 개인과 실제는 도구적이고, 과학의 모습을 한 합리성이라는 권능이 휘두르는 '추상성'의 지배 아래 모두 동질화되고, 동일시되어 단일한 형태로 획일적으로 지배되고 있다고 비판한다.

동일하면, 개인적이고 구체적이며 실제적인 것들을 동질화시키면 관리하기 쉽다.

이러한 동질성의 원리는 시스템의 원리이다. 그리고 시스템 (system), 즉 체계는 곧 지배다.

아도르노가 통찰한 나쁜 추상성은 지극인 사적이고 개인적인 차원에도 이미 침투했다.

가령 이러한 무지막지한 체계의 원리와 가장 거리가 멀어 보이는 신비로운 종교적 차원의 경우에도 마찬가지다.

개인을 자유케 하고, 신의 작품인 개인 한 사람 한 사람의 중요성을 강조한다는 종교 안에서 사람들은 지극히 사적인 연유로 종교에 의지하고, 지극히 사적인 차원에서 각자 나름대로 종교적인 추구를 한다고 생각하지만,

내가 보기에 이미 현대의 종교는 중세의 종교가 그랬듯이 이미 대단히 공식적이 되어 개인의 '사적인' 종교적 감수성을 팔아 개인을 종교적 원리로 강제하고 지배하는 체계(system)다.

종교 안에서 개인의 고유함을 헤아린다는 신의 존재는 정작 '나'의 고민과 의문과 회의를, 어쩌면 죽을 때까지 해결되지 않을지도 모를 생의 신비를 획일적인 교리와 가치아래 동질화시킨다. 부드럽고 온유하게 강제한다.

절대 진리의 권위를 업고 자행되는 그러한 온유한 강제 아래 감춰진 진실은 바로 '따르지 않으면 죽는다'는 지배의 음모이다.

은총을 바라고 기웃거리던 순수한 종교적인 개인은 이제 획일적이고 단일한 모습의 전제적인 종교의 협박과 공포에 밤마다 악몽을 꾸게 된다.

나를 인정하고 알아주는 따뜻한 신의 목소리가 아닌 나를 억압하고 나를 관리하는 지옥의 목소리를 듣는다.

애초 순수한 동기로 종교를 찾았던 개인은 이제 공포에 압도되어 생존을 위해 알아서 '신의 이름으로' 자신을 획일적으로 관리하는, 경직되고 일방적인 종교주의자가 된다.

사랑을 주고 자유케 한다던 종교 때문에 순수한 종교인은 점점 더 추상적인 거짓 사랑을 남발하고, 종교라는 보이지 않는 감옥에 스스로를 가두는 수인이 된다.

무한한 신의 사랑을 사회에, 이웃에 나눠주라던 종교의 메시지는 공포에 질린 개인들의 기계적인 액션과 정작 자기 자신의 해방과는 거리가 먼 자신의 종교적 현실이 주는 무기력함으로 사회에, 이웃에 아무런 영향도 미치지 못하고 고립되어 공허한 울림이 된다.

〈음악 이야기〉

나에게 음악은 도시였다.
도시 안에서 생기를 얻듯이
나는 음악을 들으며 힘을 얻었다.

음악 듣기는 즐거움이자
나를 찾는 여정이자
내 삶이였다.

Dream Of The Return

Pat Metheny Group

나는 꿈을 꾼다.

저기, 저 태고로의 귀환

그 귀환에의 꿈을.

아득히 먼 곳으로부터 들려오는 저 낯설고 익숙한 소리.

비로소 깊은 잠을 중지한다.

한 번도 깨지 않았던 오래된 잠.

이제 그 미지로부터의 부름을 받아

귀환에의 여행을 시작한다.

나는 꿈을 꾸며
한 번도 간 적이 없었으나
이미 알고 있는 그곳으로
마침내 돌아간다.

음악으로 생을 건너다

"내 유일한 연주 목표는 단순히 빨리 친다거나 뛰어난 기교로 연주하는 것이 아니라 진정한 멜로디를 뽑아내는 것이다."

- 팻 메시니 -

라디오 땜방 디제이로 나온 김현철이 소개하는 팻 메시니 그룹의 *Dream of the Return*을 들었다.

지금의 김현철에게서 이십대 초반이라는 젊은 날에 이미 절정을 달렸던 그만의 짜릿하고 고상한 음악적 감수성을 거의 찾아 볼 수는 없다.

그럼에도 불구하고 음악인으로서 김현철의 안목이나 그가 자신의
취향에 맞게 축적해온 방대한 음악적 자산에 대한 믿음이 있었기에
그가 이 가을날에 어떤 음악을 소개한다는 사실만으로도 기대가 되
었었다.

메시니의 곡에 아르헨티나의 국민가수 Pedro Aznar가 직접 라틴
어 가사를 붙이고 또 불렀다.

어떻게 저런 음악일 수 있을까.
어떻게 저만한 품격의 서정을 실어 노래할 수 있을까.

그들이 담담히 일러주는 유구한 선율은 그 자체가 메시지다. 나는
그저 존재 깊숙이 감응하며 경외로 화답할 뿐.

노래가 詩로 승화된 이 곡을 들을 때마다 내 마음은 언제 다시 열
릴지도 모를 팻 메시니 공연으로 달려간다.

Copacabana

T-square

T-Square 음악의 가장 큰 특징은 청량함일 것이다.

거추장스러움이라곤 찾아볼 수 없는 기분 좋은 깔끔함과 경쾌한 멜로디는 굳이 따지자면 오리지널리틱한 그루브는 없지만 그 자체로 하나의 특정 장르가 되었다.

내가 음악을 즐기며 살면 어떤 모습일까 하는 막연한 동경이 그들을 처음 만났을 때 눈으로 확인되었던 것처럼 그들의 음악은 넘치지도 모자라지도 않는 중용의 멋을 잘 보여주는 것 같다.

학부 때 이들에 미쳐 일본어 사이트까지 뒤지고 급기야 일본 현지 교회에서 일본어로 간증까지 하였던 열렬했던 나의 열정은 어느덧 나이가 들어 다른 감흥으로 대체되었지만 가끔씩 듣는 이들의 음악은 지금도 여전히 좋고 멋지다.

'Copacabana'

브라질의 아름다운 해변을 연주한 이들의 음악은 이 한겨울의 냉기를 한여름의 상쾌함으로 돌려놓기에 충분하다.

1994년에 발매된 앨범 '夏の惑星(여름의 혹성)'에 실렸던 이 연주를 들으니 새삼 이들의 공력이 수년전의 소녀 같은 설렘과는 또 다른 깊이로 다가온다.

솔리드를 회상하다

대니정 2집에서 김조한이 피처링 한 노래를 듣고 있다.

오랜만에 그의 노래를 듣다보니 그 옛날 내가 김조한을 아주 많이 좋아했던 때가 생각난다. 고등학생이었던 그 시절, 집에서 목욕하다가 우연히 솔리드의 '이 밤의 끝을 잡고'를 들었을 때 난 진짜 깜짝 놀랐다. 아니 우리나라에 이렇게 오리지날 팝삘을 구사하는 그룹이 있었단 말야? 하고.

코 흘리게 시절부터 팝에 익숙했던 나는 한국 발라드를 참 재미없어했는데 솔리드라는 그렇고 그럴 것만 같은 아이돌 그룹이 제대로

꺾는 노래와 한국적인 것 같지 않은 세련된 멜로디를 구사한다는 것이 정말 반갑고 신기했다.

역시 알고 보니 솔리드는 미국 교포출신. 그래도 좋았다. 반듯하고 순수한 청년들이었고 김조한의 타고난 보컬과 정재윤의 국제적인 곡 감각, 인기 많은 저음 미남자 이준은 한국 알앤비계의 삼위일체였다.

특히 난 김조한의 보컬이 너무너무 좋고 자랑스러웠다. 그의 천사 같은 보컬은 어쩌다 시도해도 겨우겨우 따라하는 것만 같아 조마조마한 심정으로 들어야 했던 토박이들의 평범한 기교와 역량과는 차원이 달랐다.

자유자재로 뽑아내는 확실한 기교와 천부적인 보컬기량은 나로 하여금 노래를 듣는데 있어 어떤 노래냐가 아닌 어떤 가수가 부르냐를 더 중요하게 만들었다.

그의 보컬은 무슨 노래를 불러도 티가 났다. 아, 저건 김조한의 목소리다. 특히 당시 텁텁한 흑인 음색이 좀 천편일률적이라 여겼던 나는 흑인의 파워와 맑고 깨끗한 음색이 공존하는 그의 보컬이 정말 보물처럼 여겨졌더랬다. 게다가 착한 성품에 살아있는 무대매너와 그루브한 춤 솜씨까지. 은근히 올라운드 플레이어였던 아기 같은 멋쟁

이를 좋아하지 않을 수 없었다.

솔리드가 해체된 후 정재윤의 자리를 김형석이 이어받은 뒤로 김조한의 역량은 한없이 평범하고 지루하게 소모되고 말았지만, 그래도 가수들 사이에서나마 진짜 가수라고 인정받으며 활동을 이어가고 있어 다행이라 여겨야 하나. -김조한 솔로 1집에 정재윤이 참여한 곡들은 확실히 티가 난다. 그 음악들은 멋있다.

사실 김조한은 소울이나 펑키한 음악을 좋아하고 그의 보컬도 그루브하고 파워풀한 노래에 더 어울리는데 우리나라에선 주구장창 시시한 발라드만 불러야 하니 가슴이 아프다. 부디 언제라도 그의 재능이 제대로 꽃필 날이 오기를 기원해본다.

솔리드. 노래도, 사람들도 참 좋았는데 그들의 노래를 들을 수 있어서 행복했고 재능으로 뭉친 예의바르고 유쾌한 삼총사의 활동을 티브이에서 보는 것이 그저 흐뭇하기만 했는데.

그들이 보여주었던 가공되지 않고, 과장되지 않은 자연스럽고 맑은 끼와 당시로선 앞서간 음악적 스타일로 인해 나는 솔리드를 자랑스럽고 기분 좋게 사랑하고 열광할 수 있었다.

인위적인 고된 트레이닝이 아니어도 타고난 재능과 다양한 재주로 풋풋하고 자유로울 수 있었던 젊은 그들 솔리드.

자신들이 지닌 젊음과 순수 그자체로 음악을 하고 팬들과 어울렸던 행복한 세 젊은이들의 모습이 전반적으로 낮아진 방송연령에 비해 지나치게 생기를 잃고 늙어버린 요즘의 어린 꽃들과 대비되어 지나간다.

자신들의 순수한 재능만으로는 우리나라 방송환경에서 부대끼며 활동을 계속해 나가는 것이 그들에게는 힘든 일이었으리라 추측해본다.

Are you going with me?

Pat Metheny Group

서울재즈페스티벌 팻 메시니 그룹 공연에 다녀왔다. 과연 팻 메시니 공연은 진지하고 격조 높은 울림을 전해 주었다.

그의 공연은 아름답고 서정적인 선율을 아늑하고 조용하게 들려주거나 라이브 콘서트 특유의 폭발적인 에너지를 강력하게 전달하는 여느 콘서트와 달랐다.

팻 메시니는 공연 두 시간 동안 자신의 진지한 음악적 탐구와 여정을 들려주었다. 그래서인지 그들의 연주는 청중들로 하여금 음미하듯 고개를 끄덕이게 만들었고 연주 중간과 연주가 끝난 뒤 보내는 우리들의 환호와 박수는 그들의 음악적 탐구와 여정에 대한 동의와 존경의 표현이 되었다.

그의 공연은 공연 불감증에 시달리던 내게 공연을 어떻게 즐길 수 있는지에 대한 너무나 훌륭한 해법을 제시해 주었다.

그의 초대에 감사한다.
앞으로도 계속 그의 여정에 동참할 수 있길 바란다.

Chicago (Chic Town) Blues

Earth, Wind & Fire

아, 그 때 그 시절의 소울과 펑키, 디스코 음악이 주는 감흥을 어떻게 말로 표현할 수 있을까.

몇 달 전 조심성 없이 쓰레기통으로 날려버린 음악 파일들을 새로 만들어나가는 과정에서 발견한 earth, wind & fire의 *Chicago Blues*.

경쾌한 브라스로 팡파레를 잠시 울리다 다소 무거운 단조풍으로 시작되더니 코러스 부분에 이르러서 따뜻하고 부드럽게 분위기가 도약하면서 세련되고 극적인 감흥을 선사한다. 낭랑하고 걸쭉한 목소리로 시카고 블루스를 읊조리는데 주체할 수 없는 감동이 가슴에서 일렁인다.

가사를 보니 더 가슴이 터질 것 같다.

콜트레인의 비밥, 시카고 블루스, 쿨....

나는 이제 안다. 음악적 상관관계에 있긴 하지만 재즈와 블루스는 구별된다는 것을. 블루스의 메카는 시카고이며 존 콜트레인이 흑인들의 음악적 자존심인 비밥 재즈의 거장이라는 것을. 무엇보다 재즈와 소울, 펑키 뮤직은 어쨌든 다른 음악이라는 것을.

하지만 서로 다른 스타일을 가진 그들이 결국 '흑인적 감수성' 안에서 한 뿌리라는 것을 그 누가 아니라고 말할 수 있을까. 그들은 시카고 블루스를 잊지 않았으며, 존 콜트레인을 잊지 않았다. 그들은 각자 다른 곳에서 서로를 생각하고 있었다.

내가 오랫동안 사랑해 왔던 빅 밴드의 노래에서 재즈와 블루스를 발견하면서 왠지 흑인으로서 그들이 본래 간직해왔던 그들 고유의 혼을 만나는 것 같아 무척 감동적이다.

닥치고 경배

Earth, Wind & Fire

"Earth, Wind and Fire is really a gift from god for human being. Their song and music is simply too fantastic to mention. They are the true king or pop! I really love them!"

"Timeless music.... timeless lyrics... timeless talent!!!"

-Earth, Wind & Fire 동영상에 달린 유튜브 댓글-

EW&F의 실황공연을 보고 싶어서 검색하다 방금 뉴욕 공연에 간 사람의 포스팅을 발견했다. 내가 이 빅 밴드를 아주 많이 좋아하긴 하지만 그들은 보면 볼수록 알면 알수록 너무 멋진 존재들이다.

근원적이고도 존재감 넘치는 흥(groove), 범상치 않은 콘셉트로 단단히 중심을 잡고 있는 듯한 그들의 '소리'를 듣고 있자면 단순히 귀가 아닌 온 몸의 세포 하나하나가 미친 듯이 깨어나는 것 같다.

뉴욕에서 3년 전 공연을 했던 모양인데 포스팅 하신 분이 직접 가셨나보다. 진짜 너무 부럽다. 나도 죽기 전에 EW&F 공연 한번만 실제로 봤으면.

그 공연에서 알게 된 곡 제목이 *Sun Goddess*. 블로그 주인장이 그날 찍어서 올려놓은 공연 동영상 옆에 이렇게 적어 놨다.

"나도 놀아야했기 때문에 흔들리는 것은 어쩔 수 없었습니다."

이 이상 무슨 말이 필요할까. 정답이다. 놀아야지.

내친 김에 노벨평화상 콘서트 무대에 선 EW&F의 공연을 봐 버렸다.

오 마이 갓. 노벨 평화상 콘서트에서 그들의 *september*가 울려퍼진다. 당당한 저 그루브. 고개 하나 까딱, 어깨 한 번 들썩하는데도 차원이 다르다. 저 많은 사람들을 리드하고 압도하는 저 에너지.

주체를 못하는 저 모습들을 보라. 저 많은 사람들이 노래가 시작하기가 무섭게 다 같이 일어나고 노래가 끝날 때까지 서서 몸을 흔들고 있다는 것이 기적 같다.

베이시스트의 트레이드마크인 듯한 개다리 춤과 스텝조차도 마치 오리지널 축제를 선포하는 것 같은 위엄이 넘친다.

초록색 드레스를 입고 어쨌든 몸을 흔들고 싶어 하는 노벨평화상 수상자 엘 고어 부인을 비롯해 진정으로 흥겨워하는 양복 입은 신사들.

인종과 계급과 그 모든 경계를 넘어서는 듯한 저 그루브의 향연에 격식을 갖춘 정적인 콘서트장이 순식간에 진정한 축제의 공간으로 탈바꿈하는 것 같다.

EW&F가 친히 강림하사
노벨 콘서트엔 생명을,
참석자들에겐 영광을.

시종일관 카메라의 움직임은 이게 뭔 일이냐는 듯이 저기 모인 무리들을 순간순간 포착해서 계속 보여준다. 이것이 얼마나 감동적인 순간인가를 알려주는 메신저처럼. 흥이 나서 들썩이는 사람들의 행복과 설렘, 순수한 기쁨들을 기분 좋게 보여주느라 바쁘다.

게다가 단순한 축제라고 하기엔 EW&F의 존재감 자체가 너무 엄숙하고 기품이 넘쳐서 저곳은 마치 신전 같고 저들은 제례를 주도하는 제사장 같다. 아, 정말 위대하다.

그들이 세상에서 제일 멋있다. 그들을 진심으로 존경한다.

"I respect this band for the music way and for the amazing musicians. And for the credit in the Maurice White*'s dream. This band make my life better."

-유튜브 댓글-

*모리스 화이트는 EW&F 원년 멤버이자 리더. 오랫동안 파킨슨병으로 투병하다 2016년 2월에 세상을 떠났다.

〈책 이야기〉

시험이 끝나자마자 대형 서점에 가서
하루 종일 책을 읽는 게 취미였던 책벌레였다.
하지만 스무 살이 되자 더 이상 책이 끌리지 않았다.

서른 중반, 오랜 여행에서 돌아와
새롭게 책을 읽기 시작하기 전까지
나의 과도기적 책 읽기.

두 개의 달 위를 걷다

샤론 크리치 지음

*"그의 모카신을 신고 두 개의 달 위를 걸어 볼 때까지 그 사람을
판단하지 마세요."*

'엄마와의 탯줄 끊기'라는 멋진 홍보 문구를 보고 주문한 책. 사놓
고 한참 내버려 두다가 며칠 전에 맘먹고 읽었는데 너무 재밌고 뭉
클했다.

어린 시절 누구나 겪는 상실감은 -강아지, 병아리 등에서부터 엄마
등 가족과 가까운 이들에 이르기까지- 그 사람의 정서를 형성하는
결정적인 계기가 된다.

소중한 것을 잃었을 때 느끼는 형언할 수 없는 허전함과 막막함과 슬픔은 아무 힘도 없는 유년기의 무기력함과 합쳐져 더 애틋하고 치명적인 것이 되는 것 같다.

하지만 이러한 따뜻한 성장 소설에서 보여주듯이 그런 소년 소녀들이 혼란과 슬픔을 겪을 때 그 성장통을 잘 이겨내고 받아들일 수 있도록 도와주는 사랑하는 가족과 이웃들의 존재가 얼마나 중요한지. 공동체의 의미란 바로 그런 것이 아닐까.

아이들의 엉뚱하고 기발한 모습들은 어느 곳이나 다 비슷하구나 싶더라. 추억이 많이 생각났다.

그 아이들 곁에 진실한 어른들이 있는 것을 보고 온전한 어린 시절을 지켜주는 것은 어른들의 몫이라는 생각도 들었다. 그렇지 못한 유년기를 보낸 사람이 얼마나 정서적으로 피폐할 수 있을지, 평생토록 해결해야 할 힘든 과제를 안고 살아갈지도 생각해 보았다.

단자화된 우리네 시대에 어쩌면 아이들과 어른들이 저토록 조화롭게 어우러지는 것 자체가 이제는 환상이 되어버린지도. 새삼 그런 든든한 세대 간의 유대감이 그립다. 조화가 그립다.

잠들면 안 돼, 거기 뱀이 있어

다니엘 에버렛 지음

자신의 경험을 토대로 한 인류학적 보고서라는 것과 선교사로서 흔치않은 극적인 체험에 기대와 관심을 갖고 읽었다.

언어학 얘기가 생각보다 너무 많이, 중점적으로 나와서 지루하고 늘어지는 것 같다. 하지만 책의 말미에 아마존 탐구 이후 30년 만에 무신론자로 거듭나 자신이 깨닫고 발견한 새로운 세상에서 새로운 사랑과 함께 새로운 인생을 살고 있다는 저자의 고백은 오래 오래 영혼을 울린다.

미라클

오리슨 스웨트 마든 지음

　대부분의 사람들은 기적의 주체를 내가 아닌 나를 초월한 그 무엇
에 두곤 한다. 그리고 그 대상에 대한 믿음을 가지고 그 대상에게
기적을 일으켜달라고 기도한다.

　나는 단지 연약한 인간으로서 기적의 수혜자이지 기적의 장본인은
아니다. 연약한 인간에 대비되는, 보통 '신'으로 일컬어지는 존재와
물리적, 생물학적으로 명백한 한계를 지닌 인간 사이에는 건널 수
없는 틈이 놓여있다.

　하지만 '미라클'의 저자는 기적의 주체는 바로 나라고 말한다. 그

리고 그 모든 것의 중심에 있는 '생각'의 중요성을 거듭 거듭 강조한다. 생각이 그 모든 것을 만든다는 것이다. 풍요도 건강도 행복도 자신의 꿈도.

성공학계의 원전이라더니 부와 성공의 비밀이라는 콘셉트로 최근 돌풍을 일으키고 있는 '시크릿'과 흡사하다.

노만 빈센트 필, 벤저민 프랭클린 등이 쓴 십 수 년 전부터 접하곤 했던 미국식 자기계발서에 대한 나의 견해는 부정적이었다. 일단 그들이 전도하는 성공과 자기계발 논리가 자본주의 사회에서 기득권의 이익을 정당화하는 이념적 수단으로 작동하는 것 같았기 때문이다.

그들의 논리에 의하면 못살고 불행하면 그건 잘못된 시스템과는 상관없이 다 개인의 책임이니까. 그리고 그들이 찾아 먹어야 한다는 부와 성공은 바로 하나님의 은총과 결부되어 그렇지 못한 개인들을 누구에게나 주어진다는 은총도 받지 못한 처지로 더욱 비참하게 내몬다.

하지만 최근 나는 미국 기득권들의 부와 성공을 옹호하는 기능, 그 이상도 그 이하도 아니라고 생각했던 그들의 논리 속에서 그들이 의도했던 그렇지 않던 그 너머 혹은 그 중심에 있는 본질적인 어떤 것을 본다.

바로 인간 고유의 존재에 대한 가치이다. 얼핏 시크릿과 미라클의 저자들은 내가 우주의 중심이고 성공의 주체라고 지나치리만큼 단정적으로 독자들을 선동하는 듯하다. 하지만 책을 읽으면서 나는 나 자신은 물론이고 대부분의 사람들이 인간으로서의 자기 이해가 얼마나 한정된 채로 살아왔었던가를 발견했다.

인생에 대한 모든 소극적인 태도가 '인간'이라는 이유로 다 커버된다. 뭘 잘 못해도, 하다가 슬그머니 발을 빼도 인간은 원래 연약하기 때문이라고 설명된다.

하지만 미라클의 저자는 실패와 어쩔 수 없이 사는 소극적 인생은 인간이기 때문이 아니라 자신이 없기 때문이라는 점을 명확히 한다. 더 정확하게 말하면 자기 자신에 대한 믿음이 없기 때문이다.

자기 자신에 대한 믿음을 다른 말로 하면 자아 정체감 혹은 자존감이다.

최근 시청한 EBS다큐멘터리 아이의 사생활 '자존감' 편에서 하버드대 교육학과 조세핀 킴 교수는 자존감은 자신에 대한 사랑이며,

자신이 사랑받을만한 존재라는 믿음과 주어진 일을 잘 해낼 수 있을 것이라는 자신감, 이 두 가지로 구성된다고 말한다.

자존감은 자신에 대한 믿음이며 믿음의 뿌리는 바로 사랑이라는 것을 알 수 있다. 그리고 자존감은 학습 성취도는 물론이고 문제해결능력, 신체인식, 리더십 등 아이(사람)의 모든 부분에 영향을 미치고 있다는 것이 실험을 통해 밝혀진다.

하지만 건강한 자존감은 학교 성적과 자아실현, 사회적 위치 등의 인생의 성취와 성공과 직결된다는 말로는 부족하다. 자기 자신에 대한 온전한 믿음은 신으로서의 인간, 즉 인간의 신성으로 나아간다.

서평 모집에서 미라클을 신청했던 결정적인 이유도 책 설명에서 '신성과 하나가 되어'라는 장을 발견했기 때문이었다. 바로 기적을 일으킬 수 있는 내 안의 힘이 바로 신성과 관계있다는 통찰력을 접한 반가움과 호기심 때문이었다.

미라클과 시크릿에서 말하는 '생각하는 대로 이루어진다'는 선언은 믿는다는 것이 기적을 일으키는 힘, 즉 인간의 신성과 근본적인 관계가 있다는 것을 알려준다.

사랑과 믿음에 뿌리를 둔 온전한 자존감을 부여받은 한 위대한 인물의 삶에 대해 네덜란드 출신 가톨릭 사제 헨리 나우웬은 말한다.

그의 책 '영성에의 길'에서 그는 오늘날까지 인류에 지대한 영향을 끼치며 영감을 주고 있는 예수의 생의 핵심에는 바로 그의 정체성, 예수가 본격적으로 사역을 시작하기 전 요단강에서 세례를 받을 때 하늘로부터 들은 음성 *'이는 내 사랑하는 아들이요, 기뻐하는 자라'* 는 분명한 정체성이 있었다고 말한다.

예수가 병든 자를 고치고, 눈먼 자를 눈 뜨게 하며, 앉은뱅이를 일으키는 기적을 행하고 가난하고 아픈 자들의 친구가 되며 궁극적으로 인류를 위해 십자가에 못 박혀 죽을 수 있었던 힘은 바로 '하나님의 사랑을 받는 아들'이라는 확고한 믿음에서 비롯됐다는 것이다.

헨리 나우웬의 설명에 더해 나는 예수가 직접 자신의 생을 통해 말하고 싶었던 것은 우리 역시 우리가 알던 모르던 간에 원래부터 사랑받고 사랑할 수 있는 온전한 존재이자 자신이 행했던 그 모든 능력이 바로 우리에게도 있다는 것을 알리기 위한 것이었다고 말하고 싶다.

때문에 예수를 믿는다는 것은 예수의 신적인 능력을 인간인 우리가 믿고 의지하는 것이 아니라 우리가 바로 그 신적인 능력의 주체라는 것을 아는 것이다. 인간이 바로 신(神)이며, 신으로서 우리는 어떻게 살아야 하는가를 완벽하게 보여준 사람이 바로 예수다.

우리가 원래부터 가지고 있던 신성을 설명하기 위해 가장 유명하고 위대한 선례로서 예수님을 언급했지만 예수라는 인물을 통하지 않더라도 그 사실을 아는 선배들의 증언을 통해 세상의 비밀이 이어져 왔다. 바로 시크릿이나 미라클의 저자처럼.

"신과 같은 모습을 일깨우는 것이 곧 우리 자신의 모습을 찾은 것이다. (...) 신과 동일한테 우리는 왜 힘이 없는가? 신의 특성이 우리에게 있다는 생각을 왜 그토록 이상하게 여기는가?

당신은 당신의 자녀가 당신보다 더 열등한 존재이기를, 당신의 힘이나 좋은 특성을 물려받지 않기를 바라는가? 어째서 신의 자녀가 신에게 있는 것이 자신에게도 있다는 생각을 기이하게 여겨야 하는가?" (미라클)

자신이 신적인 존재라는 것을 안다면 '한낱 인간인 내가 뭘'이라는 핑계로 소극적으로 사는 데만 급급하지는 않을 것이다.

자신이 신이라는 것을 받아들이기보다 신을 대상화하면서 자신을 연약한 인간으로 한정하려는 이유는 세상을 위해 신처럼 온전하게 살아야 한다는 책임을 회피하기 위해서는 아닐까.

기적을 기다리고 기적을 달라고 미루지 말고 자신이 사랑받고 있다는 깊은 확신과 자신감으로 기적의 주체가 되자.

내 안의 신성에 눈뜨자.
나에겐 우주를 움직일 수 있는 힘이 있다.

"당신이 신성과 하나가 될 때, 마르지 않는 공급원에서 모든 좋은 것을 끌어당긴다는 사실을 알아야 한다. 바로 이 공급원이 창조의 주체다. 바로 이 보이지 않는 공급원에서 우리 열망을 실현해 줄 힘을 공급받을 수 있다. 모든 상처와 질병을 치유하는 이 거대한 힘과 조화를 이룰 때, 우리는 능력을 발휘할 뿐 아니라 놀라운 행복과 마음의 평화를 느낄 수 있다. 그리하여 인간은 타고난 권리인 평화와 풍요와 축복을 완벽하게 누리게 될 것이다."
(미라클)

내 영혼의 비타민들

Sonia Choquette 지음

성공이란 무엇인가, 자기계발이란 무엇인가. '내 영혼의 비타민'을 읽으면서 새삼 생각해 보았다.

일련의 진지하고 신비한 자기계발 관련 서적들을 읽으면서 성공이란 바로 자기 자신의 고유한 모습대로 사는 것이며, 자기계발이란 진정한 자기 자신을 찾아가는 과정이라는 것을 알았다.

내 영혼의 비타민들의 첫 장 제목은 *I am* 이다. 나라는 존재가 바로 긍정과 부정의 주체라는 것을 알려준다. 내가 긍정하면 긍정의 에너지가 창출될 것이고 부정적으로 대하면 부정적인 에너지로 자신에게 돌아올 것이라고 말한다.

인생을 만들어 가는데 있어서 내 역할은 거의 절대적이다. 내가 원하는 대로 삶을 관리하고 이끌어가기 위해서는 무엇보다 '나'를 잘 알아야 한다.

저자는 나를 잘 알기 위해서는 자신의 영혼, 즉 자신의 *higher self* 와 적극적인 관계를 맺고 대화해야 한다고 권고한다. 내가 진정으로 원하는 것이 무엇인지 나 스스로와 대화하면서 나만의 *new story* 를 만들라고 말한다. 용기와 나 자신에 대한 믿음을 가지고.

나를 찾기 위한 과정에서 더 이상 다른 이들의 의견이나 외부의 기준에 연연하지 말라고 한다. 선물로 주어진 자신의 직관에 충실해 보라고 한다. 바로 *six sensory life* 의 출발이다.

지난 과거는 내려놓고 참을성 있게 자신 안에서 떠오르는 것들을 기다리며 자신만의 파장(vibes)을 맞추는 것이 중요하다. 명상과 기도 등으로 훈련을 해 나가면서. 그리고 자신 있게 자신이 믿고 선택한 새로운 경험과 세계로 들어가 보라고 한다.

자기 자신에 눈 뜨며 자신의 영감을 좇는 것은 지극히 개인적이면서도 보편적인 것들과 닿아있다는 지적 역시 중요하다. 나와 이 세계는 하나이기 때문이다.

짧고 단순하면서도 충실한 이 조언들을 그냥 마음이 편해지는 글귀들로 대할 수도 있을 것이다. 하지만 그것에서 더 나아가 많은 사람들이 진정한 삶에 대한 열망으로 실제 자신의 삶에 진지하게 적용시키고자 한다면 이 세상은 더 나은 곳이 될 것이라는 생각을 해 본다.

책을 읽으면서 왜 이 책의 제목이 '내 영혼의 비타민(들)'인가를 알 수 있었다. 짧고 간결한 내용의 글이 하루에 하나씩 읽을 수 있게끔 정리되어 있었다.

색감이나 종이 재질, 크기 등을 비롯해 출판사에서 이 비타민들을 저자의 취지와 의도에 맞게 구성하고 편집하려고 애쓴 흔적이 보였다. 중간 중간에 명상과 어울리는 사진들도 좋았고, 책의 전체적인 분위기와 질감이 책의 주제를 더더욱 잘 살려주는 것 같았다. 책을 참 공들여 만든 것 같았다.

원서 읽기는 기대보다 훨씬 더 읽기가 쉬웠다. 한 번에 다 읽어도 될 만큼. 해석 부분은 전혀 보지 않았고 영문 원본만 보았다. 그래도 전혀 어렵지 않았다. 학창 시절 영어수업을 받은 사람이라면 누구나 편하게 읽을 수 있을 것 같다.

내용도 좋고 무엇보다 시작부터 끝까지 흐름을 따라가며 읽어나가는 맛이 있었다. 짧은 글들 하나하나가 흐름을 갖고 저자가 궁극적으로 말하고자 하는 중심 메시지를 잘 전달하고 있었다.

초중고 학생들에겐 좋은 내용을 접할 수 있는 영어 공부 교재로, 어른들에겐 원서를 편안하게 읽어볼 수 있는 책으로 두루두루 괜찮은 책인 것 같다.

"Your intuition is a gift, but in order to fully experience it, you must take responsibility for it. This means that you realize your sixth sense isn't something that others may necessarily support.

You must be willing to walk through the gate of self-direction by yourself, out of the ordinary world and into that of the extraordinary.

Once through, you'll find others like yourself, but as you approach such a liberated life, you'll definitely feel alone.

The words on the door into the world of the extraordinary are:

Enter only if you're willing to take full responsibility for yourself.
If you choose to begin your six-sensory life in this way, you'll be
met with miracles, magic, and the companionship of other truly
amazing and powerful helpers."

　-"Take responsibility", Vitamins for the soul-

먹고 기도하고 사랑하라

Elizabeth Gilbert 지음

울며, 웃으며, 기뻐하며 2009년 크리스마스에
이 책과 보낸 위로와 정화의 시간들을 잊지 못할 것이다.

고마워요, 리즈.

〈일기〉

일기는 솔직하게 써야한다.

그래서 가장 쓰기 어려운 글이다.

나는 일기 쓰기가 제일 힘들었다.

외로운 낙서

너무 힘들고 싫어서
다시 혼자가 되어 버렸다.

여러 가지 선한 동기에도 불구하고
나는 그만 가라앉고 말았다.

그냥 재미가 없네.
마냥 기대도 없네.

아무것도 기쁘지 않고

아무렇지도 않은 것은 아무것도 없다.

나는야 citizen

평소에 긴 손톱이라면 질색을 했건만
어느새 길어버린 손톱을 덤덤하게 바라보는

나는야 씨티즌.

주말이 아니면 창문 열고 환기시킬 짬조차 안나
어제고, 그제고 며칠 째 밤새 뿜어냈던
묵은 이산화탄소에 숨 막혀 하면서도
허겁지겁 잠을 취하는

나는야 씨티즌.

삭막한 삶에 내려앉던 정서도 잠시,
다시 도시로 돌아온

나는야 어쩔 수 없는 씨티즌.

쉬는 시간

.... 지금은 쉬는 시간 ....

"정말 좋은 친구는
화제가 끊긴 동안에 관계의 단절이 아니라
가장 내밀한 소통의 시간이 되는 친구였다.
나는 마모되고 싶지 않았다.
자유롭게 기를 펴고 싶었고, 성장도 하고 싶었다."

- 박완서, "그 산이 정말 거기 있었을까"-

dark & light

적당한 긴장과 위기의식이 자신의 발전을 위해서 유익하다는 것을 인정한다. 그럼에도 불구하고 그 긴장과 위기의식은 자주 불안과 무거움으로 변질되어 나를 해치는 큰 스트레스를 유발한다.

고통과 고난은 인생의 정수로 향하는 필수코스라지만, 나아지지 않는 궁핍과 여지가 없는 험악한 상황들은 심란할 뿐이다.

아무리 고통이나 위기 예찬을 해도 나는 어둠보다는 빛을 좋아하는 안락주의자이지만, 문득 그런 생각이 들었다.

빛은 어둠을 숨기고 있으며 어둠은 결국 빛을 품고 있더라는 것. 흡사 야누스와도 같은 그들의 이중적인 면모를 알 것 같다.

빛의 환함(환상)에 헤프게 빠져있다 보면 빛이 은폐하고 있는 어두운 발톱에 대책 없이 속을 위험이 있는 것이다. 반대로 어둠이 주는 어려움에서 심란하게 머리를 쥐어뜯으며, 어떻게든 제대로 해결하고 살아보려고 발버둥 치다 보면 점차 진실한 빛의 기운을 얻고, 그 면모를 알아보게도 된다.

즉 빛이 다 빛이 아니며, 어둠이야말로 진정한 빛의 발로인 것이다. 빛이 흑(黑)이자, 어둠은 백(白)이다.

때때로 빛이 주는 강박과 어둠에서 느끼는 안온함이 한편으론 이해가 되는 듯하다.

'진정한 어둠은 진실한 빛으로 통한다.'

여전히 속 끓는 나날들이지만, 요사이 내가 어렵사리 인정하고 알아가는 것들이다.

그러므로 어둠과 함께 강해지자.

어둠속에서 부단히 홀로서기를 연습하자.

어설픈 빛나리가 아니라
단단하게 빛나는
어둠의 자식이 되자.

최고의 조언

"좋아하는 것이 분명한데
그것보다 더 큰 재능이 어디 있겠어요?"

에필로그

출판을 하기 위해 내가 쓴 글들을 대하는 작업은 퍽 의미 있었다. 여전히 놓아주지 못하고 있었던 지난날의 내 모습, 언제나 지독하게 깎아 내리고 모자라다 부족하다 질책 했던 그 모습을 바르게 대할 수 있게 되었기 때문이다.

지난 기록들을 읽으며 나는 그때의 나를 이제야 알아보게 됐다. 자신에게 가혹했던 몹쓸 버릇으로 스스로를 상처투성이로 만들었다 뿐이지 나는 괜찮았다는 것을.

모자라다고 여겼던 그 과거가 없었더라면 지금의 나는 없었을 것이다. 그때 그 방황과 미숙함은 오늘의 나를 위한 진실한 헌신이었다. 과거는 선물이라는 것을 알았다.

더 나아가 언제 어디서든, 무엇을 하든 나라는 존재를 있는 그대로 대하고, 알아보고 존중하면 된다는 소중한 사실을 이 책을 만들면서 배웠다.

부족한 글들을 후하게 봐주시고 출판할 수 있도록 해주신 행복한 책 세상 대표님께 감사의 말씀을 전한다. 이 글을 읽어주신 독자들께도 깊이 감사드린다.

앞으로 더 좋은 글, 행복하고 진실한 글로 보답하겠다.

저자 최지현